醫學推理系列②

醫學之雛

破蛋而出的
世紀大謎團

文 海堂尊 圖 吉竹伸介 譯 王華懋

医学のひよこ

目次

醫學之雛

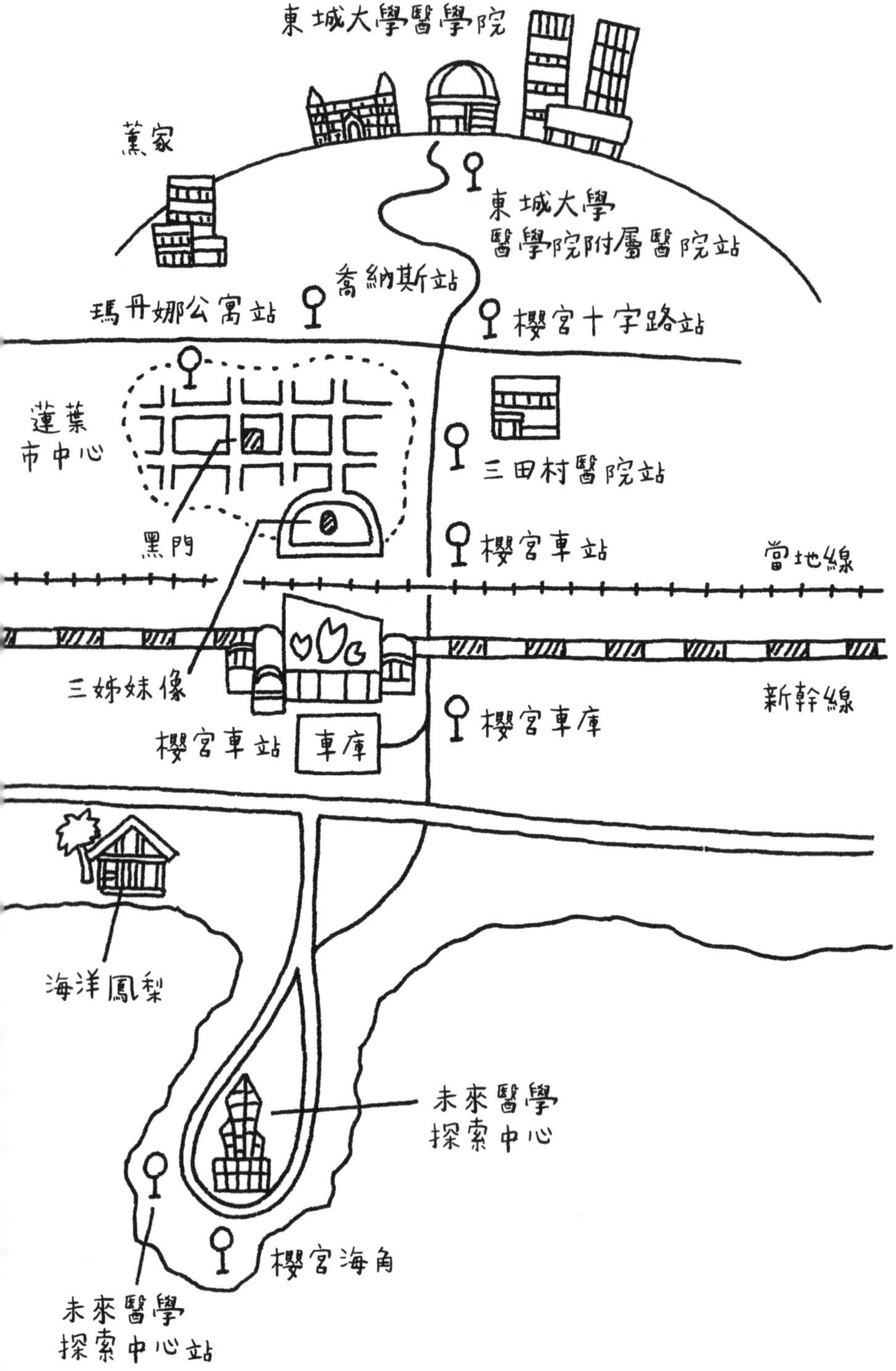
東城大學醫學院
薰家
東城大學
醫學院附屬醫院站
喬納斯站
瑪丹娜公寓站
櫻宮十字路站
蓮葉
市中心
三田村醫院站
黑門
櫻宮車站
當地線
三姊妹像
新幹線
櫻宮車庫
櫻宮車站
車庫
海洋鳳梨
未來醫學
探索中心
櫻宮海角
未來醫學
探索中心站

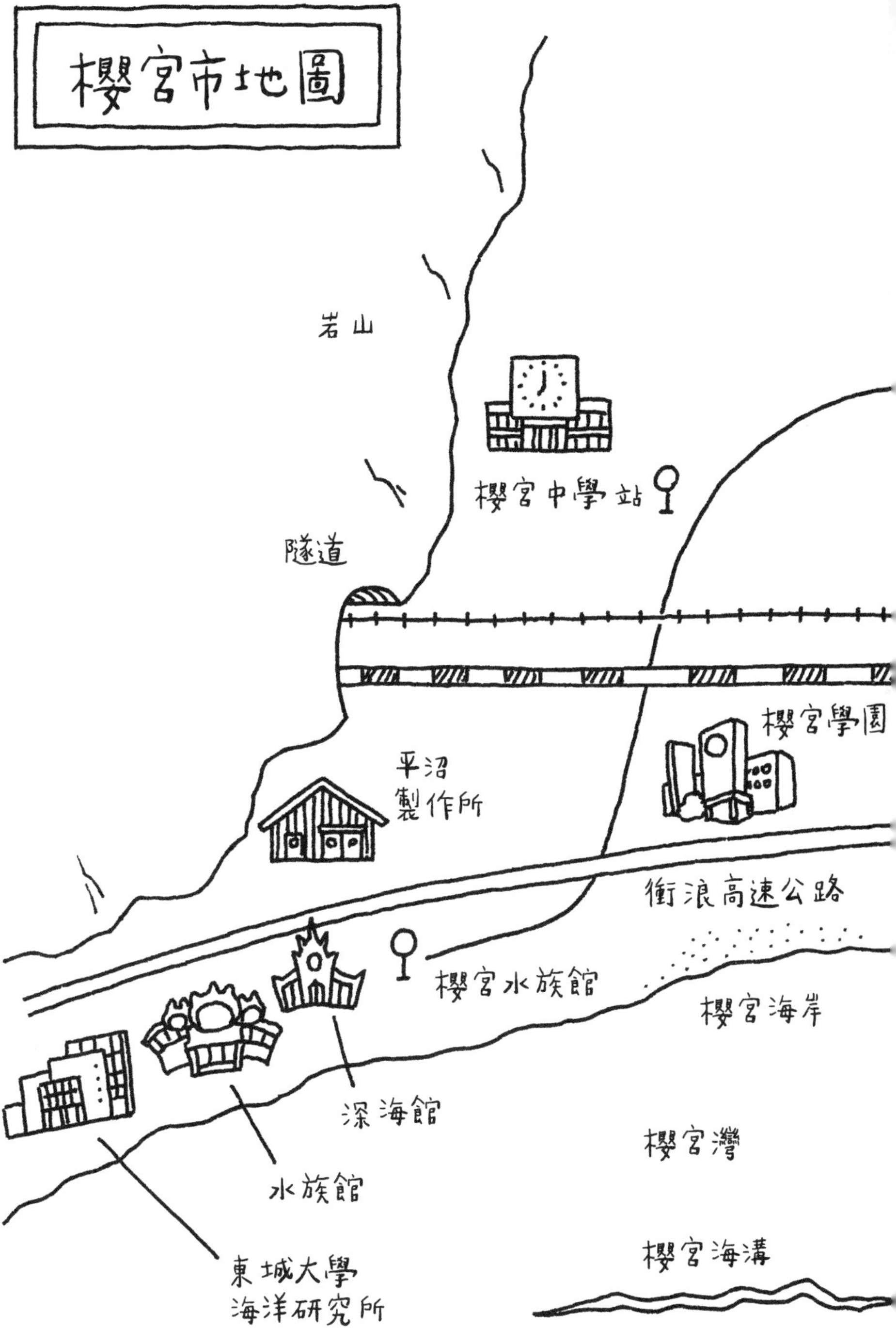
櫻宮市地圖
岩山
櫻宮中學站
隧道
櫻宮學園
平沼
製作所
衝浪高速公路
櫻宮水族館
櫻宮海岸
深海館
櫻宮灣
水族館
櫻宮海溝
東城大學
海洋研究所

第1章

2023年4月11日（二）

幸福的人打瞌睡，
不幸的人覺醒。

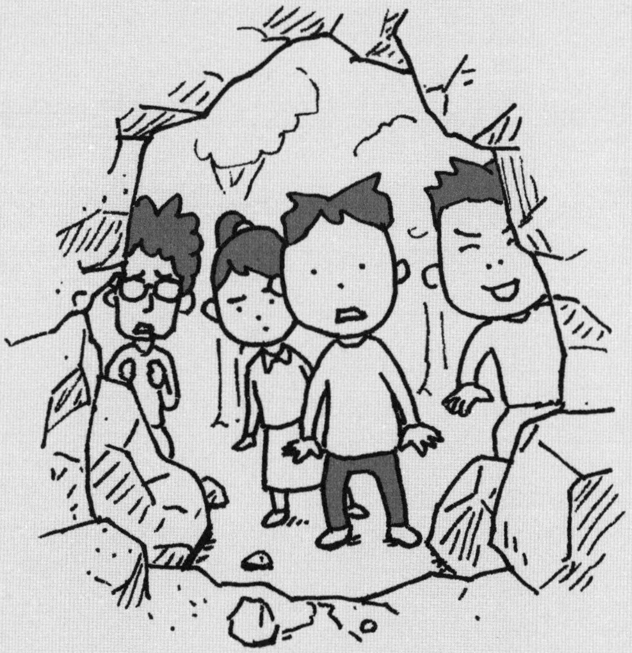

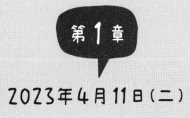

「幸福的人打瞌睡，不幸的人覺醒。」剛被捲入這次的風波時，我第一次聽到這句話。從那一刻開始，我就告別了「平凡」的每一天，展開「特別」的每一天。

雖然當時我偶爾會覺得很「不幸」，但現在已經不再這麼想了。

如果相信自己是「特別的」，就形同不斷在吹噓自己是「不幸的」。但能一直身為「特別的人」，或許是一種難得的「幸福」。如此轉念的瞬間，「平凡」與「特別」、「幸福」與「不幸」便成了無限大「∞」的軌跡交叉點。

幸福讓人平凡，不幸讓人特別。

這才是「幸福的人打瞌睡，不幸的人覺醒」這句箴言的真諦吧！

在我國三的春天，就此展開「幸福與不幸」錯綜交織、波瀾萬丈的生活。當時我完全料想不到，接下來的短短三個月時間，「特別」的事竟會紛至沓來。

或許我早應該預料到這樣的未來。畢竟就在前一年，我才剛體驗了「平凡」的國中生絕對不可能經歷的「特別」體驗。

∴

「小薰，有帶畢業出路調查表嗎？」保母山咲阿姨問，我漫應著「嗯，有」，接著關掉電腦。

爸爸還是老樣子，每天寫電子郵件傳早餐內容給我，但是和以前有些不同了。

✉ 親愛的薰，今天的早餐是加州米燉飯和酪梨沙拉。伸

這是以前的信，但最近變成這樣：

✉ Dear Kaoru, 今天的早餐是水波蛋和芒果汁。Shin

之前我總是私心埋怨，既然是美國知名麻省理工學院的教授，至少「親愛

的」應該用英文寫吧？結果最近開頭真的變成了「Dear Kaoru」，最後爸爸的署名也變成了羅馬拼音。

這或許是因為我因緣際會認識了爸爸的同事，同時也是有望獲得諾貝爾醫學獎的麻省醫學院教授——歐胡教授吧。

不過在醫學界引發軒然大波的那起事件，最後留下的影響竟然只有爸爸的來信開頭和署名變成英文，這讓我心裡感受複雜，覺得不可思議。

但爸爸每天不厭其煩地把他的早餐內容傳給我，這份堅定不移還是讓我有一點點感動。

以前，我覺得只交代早餐內容的信根本是混水摸魚，但自從為了某件事，透過電子郵件和爸爸交談之後，我開始改變想法了。

需要的時候，爸爸會好好寫信跟我溝通。平常只傳早餐內容給我，是因為沒必要勉強寫什麼而已。我正想著這些，不經意地瞄了時鐘一眼，便匆忙抓起書包衝出家門。

書包裡收著畢業出路調查表。其實它只是尚未輸入任何資料的試作機、羽化前的蝶蛹。就像我們不會把毛毛蟲或蛹稱為蝴蝶，所以空白單子也不能叫做畢業出路調查表。

我會這麼想，是受到我最喜愛的生物節目《太厲害了！達爾文》（簡稱《厲害達爾文》）的影響。我不僅是個歷史宅，同時更是個生物宅，自詡是《厲害達爾文》節目的狂熱粉絲。

生物界十分廣大，種類繁多。生物的故事格局宏大，結局壯闊。

為了理解生物領域，我付出了莫大的努力，所以這方面在櫻宮中學三年B班的狹小世界稱王，也是順理成章的事情吧！可惜世事總是不盡如人意，即使在如此狹小的世界裡，竟然還有實力足以跟我比拚的對手，人生真是諷刺至極。

……好像扯遠了，回歸正題，我現在正要把畢業出路調查表以「蛹」的狀態帶到學校。不，這個比喻有點不對。我的畢業出路調查表甚至還沒有成長到那種狀態，比起蛹，它或許更接近卵。

我在電梯裡胡思亂想著這些事，走出公寓時，一片櫻花花瓣正巧飄落到我的肩上。公車站牌就在公寓大門旁。從玄關走過去只要一分鐘，用衝的話，更是三十秒就可以到達。

建築物前方的站牌有遮雨棚，就算下雨也不必撐傘。「櫻宮中學站」一樣也有遮雨棚，一分鐘就可以衝進教室大樓，因此我上學都不用帶傘。

藍色公車準時從另一邊開過來，停在我前方，車門打開。

坐上公車，乘客數目和平常差不多，還有零星空位。最後一排座位，一名長髮女生挪開擺在旁邊的書包，讓位給我，我理所當然地在那裡坐下來。

「欸，薰，畢業出路調查表你有帶吧？」說話的是班長進藤美智子。

「嗯，有。」我隨口敷衍。

「是喔？給我看。」我跟美智子是從小認識的朋友，互動很直接。

「我幹麼要讓妳看我的畢業出路？」

「我對你的畢業出路沒興趣，可是全班只剩下你一個人還沒有交。我身為班長，為了省去田中老師的麻煩，需要先確定一下你有沒有填寫完整。」

我把揉成一團的紙遞過去，美智子嘆了一口氣：

「我就猜到會這樣。薰，你不想上高中嗎？」

「怎麼可能不想？」

「那為什麼不填志願學校？」

「因為……」我支吾不語，美智子望著窗外說：

「你之前遇到那種事，不想升學也是可以理解啦……」

既然知道，就不要窮追猛打嘛——我正想這麼說，公車突然轉彎搖晃，美智子的身體靠了過來。她的長髮碰到我的手臂，一陣宜人的馨香襲來。

美智子連忙坐正，撩起凌亂的頭髮低下頭。

「下一站櫻宮中學站，要下車的乘客請按鈴。」

我按了下車鈴，「叮咚」一聲，公車漸漸減速。

我們從正門和大批學生一起走向校舍，突然有人拍了我的背。

「喲，小薰薰，今天小倆口也是你儂我儂一起上學喔？永浴愛河喔！」

是三年Ｂ班的小霸王平沼雄介，他老是一副吊兒郎當的痞子樣，所以大家都叫他痞子沼。每次他只要看到我跟美智子一起上學，少不了會像這樣調侃幾句。

「平沼同學每天都講一樣的話，不膩嗎？我不是解釋過好幾次了，我跟薰在一起，只是因為薰的爸爸拜託我照顧他而已。」

「這跟老婆照顧老公有什麼兩樣？」

「我說平沼同學，我也是有理想型的好嗎？我理想中的對象，是更能幹、更可靠的人。」

嗯，我知道，美智子很崇拜我的學長佐佐木。

佐佐木學長是跳級就讀東城大學醫學院的超級高中醫學生，今年春天從櫻宮學園高中部畢業，以特殊身分進入東城大學醫學院四年級就讀。他的人物設定，完全符合小時候住過外國的美智子喜好。

「你要是太過分，我就要駁回你畢業旅行自由活動的要求喔，我可是Ｇ組的組長。」

「好啦。」痞子沼心不甘情不願地閉嘴，美智子轉向我說：

「薰，你也是，想一下東京的畢業旅行你打算去什麼地方？活動計畫表後天就截止收件了。」

「是是是。」我隨口應道。

學校真是有夠遜的，我們都國三了，畢業旅行居然只是去東京。平常大家如果想出門玩，週末就可以自己跑去東京原宿了。真羨慕隔壁的私立櫻宮學園，他們畢業旅行可是去台灣呢！

不過，其實我早就已經偷偷想好去東京的時候要去哪裡，只是不打算現在說出來。

美智子丟下我，轉身跑向一群女生，加入她們的話題。這時，一名拿著書本，口中念念有詞的駝背眼鏡少年正好經過我的旁邊。我叫住他：

「喲，三田村大博士，今天早上也在鑽研論文嗎？」

我用力拍打對方的背，三田村瞥了我一眼，視線很快又回到手中的書本。

「請不要隨便碰我，和你扯上關係都沒好事。」三田村邊說邊推起就快滑落的黑框眼鏡。

三田村是家中獨子，家裡從祖父那一代就是開業醫師，他立志考上醫學院，是個書呆子。我搭住三田村的肩膀說：

「別這麼冷漠嘛。下星期的畢業旅行，我們自由活動時間都是G組啊。」

「畢業旅行真是浪費時間，現在的我，連一秒都不能浪費。更別說還要跟你和平沼同組，真是衰到家了……」

「可是你若不是跟我們同組，一定會更慘喔。」

三田村沒有立刻反駁，看來他也有自知之明。書呆子三田村和小霸王痞子沼之間沒有共通之處，他們就像M88星雲的超人巴克斯一族，和M78星雲的席托隆星人一樣。不，等等，正因這兩個種族相遇，才開啟了巴克斯傳奇故事，難道三田村和痞子沼也一樣，兩人雖然沒有共通之處，卻有某些關係嗎？

我、美智子、三田村還有痞子沼四個人，在去年的事件裡面，都是「曾根崎團隊」的成員。三田村說：「進藤當組長的話，應該不會出亂子。」

「就是啊，可以跟心儀的美智子同組，你也心滿意足吧？」

「胡、胡、胡說八道！你突、突、突然亂扯些什麼……」

我早就看透三田村是美智子的地下粉絲了，露出賊笑：

「好啦，這不重要。反正今天放學後你務必留下來啊，我們要討論畢業旅行的行動計畫。如果你不參加，就不管你的意見囉。」

「我沒有什麼特別想去的地方。」三田村推起黑框眼鏡，咕噥著說。

許多同學都認為我是個幸運的「灰姑娘男孩」，因為國一的時候，我在「全國統一潛能測驗」考了全國榜首的成績，結果跳級進入東城大學醫學院。

但我根本就不想當醫生，所以這完全是禍從天降。而且因為發生了某件事，我的身分也變得含糊不清，算是「自願參加」醫學院的研究。

現在的我，簡直像是吊在半空中的蓑衣蟲，不上不下。

我剛走進教室坐好，美智子就過來向我伸手：

「曾根崎同學，請繳交畢業出路調查表。只剩下你一個人沒交。」

「剛才不是給妳看過了，我沒填。」我小聲提出抗議，但美智子假裝沒聽到，只是低聲回：「別管那麼多，交出來就是了。」

我遞出揉成一團的紙，美智子自作主張填了起來。

「這樣就不會橫生風波了，這才是待人處事之道啊，薰。」

美智子幫我填的畢業志願是「東城大學醫學院」。當下，我心想「原來還有這招」，但隨即又想到國三的畢業志願填大學醫學院，應該會被退件吧，不禁苦笑起來。

班導田中老師進來之後，全班都安靜坐下。老師提醒大家這星期要交資料，美智子馬上把已經整理成一疊的畢業出路調查表遞給田中老師。

「大家都很準時呢。老師會根據大家的回答，安排親師生的面談日期。」

咦，親師生面談？腦中立刻浮現出保母山咲阿姨溫柔地說：「小薰為什麼不想上高中呢？」田中老師皺眉說：「就是呀，真奇怪。」兩人一搭一唱的畫面。

接著，我忽然想到，負責收件的美智子能看到全班的畢業出路調查表呢。但是卻沒有人抗議這件事，應該是美智子平日人緣夠好吧。

田中老師補充說：「除了這個，畢業旅行第二天的自由活動計畫表，後天截止，大家也要記得交喔。」

這時，有個東西忽然丟到我頭上，一團紙掉在腳邊。

撿起來一看，上面用歪七扭八的字寫著「放學後，在祕密基地開作戰會議」。回頭看到坐後面的痞子沼正朝著我咧嘴一笑。

下課時間，我走到痞子沼的座位旁問道：

「我們小學畢業以後就沒去過祕密基地，已經過了三年，還能用嗎？」

「沒問題，我爺爺把桌子跟沙發搬進去，當成午睡的地方。那邊也有業務用的大冰箱，拿來開會綽綽有餘。」痞子沼拍胸脯保證。

放學後，三田村說：「我要去補習，不想開會。」

我提醒他：「如果蹺掉補習班，參加開會的話，或許有機會去參觀大名鼎鼎的帝華大學醫學院喔。」

「真的嗎！」三田村聽了馬上眼睛為之一亮。

美智子連忙說：「這只是選項之一，還是要四個人開會決定才行。」

「國立科學博物館一定要去。爺爺特別交代，到東京一定要去那裡的深海館，爺爺的命令是絕對不能反對的。」痞子沼立刻提醒。

「真沒辦法，我會妥善安排。我想去原宿的服飾店，還有可麗餅店，薰呢？你有想去哪裡嗎？」

「這個嘛，我們先去痞子沼家後山的祕密基地吧，去了再說。」

痞子沼家是平沼製作所，位在櫻宮水族館附近，毗鄰海岸線的岩山山腳下。

從櫻宮中學走路二十分鐘，離公車站很遠，痞子沼都是走路上學，所以我們當然也是用走的。只不過才剛走五分鐘，三田村就吃力地氣喘吁吁。

宏偉的門上掛著「平沼深海科學技術研究所」的招牌，底下還掛了塊傳統木頭看板，寫著「平沼製作所」。

痞子沼的父親是「平沼深海科學技術研究所」的所長，以前在NASA（美國國家航空暨太空總署）做研究。而原本的「平沼製作所」那邊，爺爺現在仍是會長，痞子沼說「雖然我爸是社長，不過他就像我爺爺的跑腿」。

平沼的爺爺和父親製作了一艘叫「深海五千號」的潛水艇，發現了櫻宮灣的新種海鞘：特有種的「傻瓜海鞘」和「呆瓜海鞘」。櫻宮水族館分館的深海館展示著這些海鞘，並記錄了平沼製作所的歷史。小學遠足參觀櫻宮水族館時，眾人聽到這些解說，建立了痞子沼在校園不動如山的地位。

深海館內還有一個黃金地球儀，是用中央政府補助全國市町村一億日圓經費製作的，被當成財神崇拜。聽說痞子沼一家人曾經登上晨間的新聞綜合節目，但不知為何，在平沼家，這件事卻成了禁忌話題。

穿過平沼製作所的土地，有堆高機和小廂型車往來穿梭。

「啊，這不是薰和美智子嗎！好久不見了，已經長這麼大啦！」

洪鐘般的聲音響起，痞子沼的爺爺平沼豪介會長像攔路虎似地擋在前面。

「平沼爺爺，好久不見了。」美智子大方地寒暄。

「美智子，妳爸爸還是一樣在日本和美國飛來飛去嗎？」

「爸爸最近幾乎都待在日本，讓我媽媽很頭疼。」

「這樣啊！呵呵呵。薰，你爸爸都好嗎？以前小犬在佛羅里達的甘迺迪太空中心受你爸照顧了，替我向他問聲好。難得你們來玩，去主屋坐坐吧，我叫人準備點心招待你們。」

「爺爺您不要搗亂啦，我們要討論重要的事。」

「哦？不好意思打擾你們啦。」

豪介爺爺豪邁地笑著退場了。痞子沼咂了一下舌頭。

「點心還是拿一下好了，小薰薰先帶他們兩個去祕密基地吧。」

我們從平沼製作所的後面前往岩山。這座延續到海岸線的岩山，據說是在太古的白堊紀時期，櫻宮山爆發，熔岩流過來形成的。

美智子哼著歌前進，三田村在後面上氣不接下氣地問：「還沒到嗎？」

「就快到了，加油。」我邊說邊撥開草葉穿過獸徑，來到一片小草原。

草原後方是斷崖，有一道涓流瀑布，旁邊有座小洞穴。瀑潭旁邊的小棚屋，就是我和痞子沼口中的祕密基地。

開門需要一點訣竅，先往上提，再往下壓，門便吱呀亂叫著打開來，老房子特有的氣味瞬間飄散出來。屋裡雜亂地堆著書本，業務用大冰箱發出嗡嗡呻吟，桌上擺了一台大型桌電。

「天哪，是最新款的 iMac！」我驚呼說。

美智子在柔軟的單人沙發上一屁股坐下去，那裡是隊長座——我原本想提醒，但仔細想想，美智子是老大，她坐在那裡也是應該的。

我在雙人沙發坐下，三田村則坐到桌邊的椅子上。

總算喘過氣來的三田村問：「你們三個從小就認識嗎？」

「對啊，平沼同學的爸爸在ＮＡＳＡ工作的時候，我爸爸是平沼製作所的顧問。我小學低年級在美國念書，三年級才轉到櫻宮小學。平沼同學也跟他爸爸在美國住了兩年，跟我讀同一所學校。薰的爸爸因為擔任ＮＡＳＡ顧問的關係，有時候也會去那裡。後來我回國念櫻宮小學，發現薰和平沼同學剛好也在同班，嚇了我一跳。」

美智子和痞子沼在美國就讀同一間學校？這消息我也是第一次聽說。

「妳在美國也跟痞子沼同班嗎？」

「不是，平沼同學比我高了兩年級。」

「咦？真假？平沼比我們大兩歲嗎？」

這麼說來，痞子沼剛轉學時，老師們就已經對他很熟悉，加上他一開始就表現得像是這裡的老大。等到後來美智子轉學的時候，大家都已經忘記痞子沼也是轉學生了。

「平沼同學在美國整天玩電動，不愛念書。所以回國時，他爸爸特別拜託學校讓他重讀三年級。」

「難怪進藤同學英語那麼溜，平沼卻完全不會說英語。」三田村說。

這時，門吱呀響起，話題人物的痞子沼拎著裝有零食的袋子進來了。

「喂，美智子，妳少趁人家不在，背後說人壞話。」

「不是壞話，是背景說明。」三田村主動替美智子解釋。

「嗯！就當是這樣囉。時間不多，快點開會吧。」

接著會議陷入糾紛，因為每個人想去的地方都不一樣。

「痞子沼想去國立科學博物館，三田村想去帝華大學醫學院，美智子想去原宿吃可麗餅……問題是，自由時間總共只有八個小時啊！」我低聲說。

「薰，你沒有想去的地方嗎？」

「三個人就已經很難排行程，連我都提出要求的話，更不可能了。」

「小薰薰怎麼這麼豁達？」痞子沼嘲弄說。

「我當然也有想去的地方，不過這次就算了，算是小小報答一下你們之前幫我的恩情吧。」

三人安靜對望，就連總是喜歡奚落我的痞子沼都不說話了。

哎呀，這話說得太正經八百，導致氣氛有點尷尬，我連忙補了句：

「而且上星期發生了大地震，說不定畢業旅行也會告吹。」

「好，那我也取消可麗餅行程。原宿的話，我一個人就可以去。」

「如果這樣說，科學博物館也一樣不需要去了。」

「不一樣，自由活動之後要交報告。去可麗餅店應該寫不出什麼感想，但國立科學博物館可以，帝華大學醫學院也是。」

「嘖，去科學博物館要寫報告？那我收回。」痞子沼抱頭說。

三田村望了一下其他人，開口說：「我也收回。」

「你們搞什麼啦！這下沒有地方可以去了！」美智子交抱手臂、鼓起腮幫子說。我只好苦笑著對痣子沼說：「我來負責寫科學博物館的報告，如何？」

「小薰薰真是天使！我收回剛才的收回，科學博物館非去不可。」痣子沼頓時生龍活虎起來。

「帝華大學的報告由我來寫，這是學習的一部分。」三田村也立刻訂正自己的話。

「嗯，上午去國立科學博物館，下午去參觀帝華大學醫學院。下午的報告由三田村負責寫，這樣的話，其實我也有想去的地方……」我小聲說出想法。

會議結束，離開祕密基地時，太陽已經西沉了大半。

從岩山流瀉而下的小瀑布，細緻的水花被風吹起，籠罩全身。美智子撩起散開的頭髮，髮絲沾上的水滴反射著夕陽，閃閃發亮。

「沒想到小薰薰在想那種事，真驚訝。」痣子沼說。

「聽到畢業旅行要去東京，我臨時想到的，不好意思嚇到你們了。」

三田村聽到後，用食指推起黑框眼鏡說：「站在你的立場，這是當然的。還是我們下午不要去帝華大學醫學院，大家一起去你想去的地方？」

身為醫學宅的三田村竟然主動提出這樣的做法，但我還是搖了搖頭：

「謝啦，這是我個人的問題，不適合畢業旅行的團體行動。」

三田村聽了也不堅持，很乾脆地說「好」。對他來說，帝華大學醫學院是考試戰爭的終極目標，也是心中的聖地，肯定還是想親自去看一眼吧。

在我們交談的時候，痞子沼一直望著流過祕密基地旁邊的瀑布。他看著旁邊的小洞穴，忽然說：「小薰薰，那個洞之前就有了嗎？」

「被你這麼一說，好像沒有呢。」

「嗯，絕對沒有！要是本來就有，我們早就進去探險了。」

痞子沼這話很有說服力，因為這間祕密基地就是我們在探險的時候發現的。不過後來我們才知道，這間基地其實是痞子沼的爺爺出於興趣而搭建的小屋。

痞子沼眼睛熠熠生輝地看著我：「我們『曾根崎團隊』現在就去那個洞穴探

險一下吧！」

一旁的美智子斬釘截鐵地說：「絕對不可以隨便進去洞穴探險，因為突然形成的洞穴有可能崩塌，也許它是上星期大地震造成的。以前外國也發生過棒球隊的小朋友跑進洞穴，結果下雨導致水位上升，進而困在洞穴裡的意外事件，震驚全世界。我們不能大意，萬一變成那樣就麻煩了。」

「到時候，只要把爺爺發明的『泥巴鑽』裝在堆高機上，改造成地底探險車來救援就行了。」

「要是真幹出那種蠢事，肯定會被櫻宮電視台的新聞報導批評。」

痞子沼傻笑說：「如果能因此見到梨里小姐，我求之不得。更何況這是曾根崎團隊的行動，眾矢之的會是小薰，我又不會露面。」

梨里小姐是櫻宮電視台的新聞節目記者。因為之前的風波，我和她曾經說過幾次話，對於那種事我早就受夠了。

但痞子沼的提議確實有吸引力。身為生物節目《厲害達爾文》的死忠粉絲，

我也認為深入洞穴探險是理所當然的行動。

「痞子沼說的對！眼前有洞穴，當然要進去探險，這才是曾根崎團隊應有的冒險精神！」我毅然決然地說。

美智子聳了聳肩：「真是拿你們沒辦法，但我有個條件，必須拿一條長繩索綁在入口，然後拉著繩索進去，探險範圍只限於繩索能到達的地方。如果大家可以接受，我才同意。」

「我贊成進藤同學的提議，凡事安全第一。」三田村附和說。

我和痞子沼對望，站在曾根崎團隊的立場，我有點不滿發號司令的人是美智子。但我們現在是以畢業旅行自由活動G組的身分聚集在這裡，老大是美智子，而參謀是三田村，我和痞子沼只能服從老大和參謀。

「所以我才說不想把書呆子跟班長帶來祕密基地嘛。」痞子沼忍不住發牢騷。

我傻眼地看向痞子沼，心想剛才提議一起來祕密基地開會的人是你吧？這麼快就忘了嗎？可是痞子沼的眼睛直盯著洞穴，完全沒注意到我無聲的抗議。

第2章

4月11日（二）

跨越極限，
迎向冒險。

為了探險展開準備工作，我們先在祕密基地裡動手翻找，不愧是櫻宮之光的發明家——「平沼製作所」會長的祕密基地，裡面各種工具一應俱全。

我們找到了工程用的黃色繩索，正是目前最需要的。一捲長度是五十公尺，兩捲合在一起就有一百公尺。這麼長的繩索，應該是非常足夠了。

痞子沼把繩索綁在入口岩石之後，一邊把線軸轉得嘎啦嘎啦響，一邊率先進入洞穴。我抱著另一捆繩索跟在他後面，美智子從後方打開手機手電筒功能，快步跟上來，三田村殿後。

「小心腳步，地面是溼的，感覺很滑。」走在後面的美智子不斷出聲提醒，前方傳來線軸轉動的聲音像是回應。

「啊哇哇！」三田村突然尖叫。抬頭一看，上方生成了鐘乳石，似乎是前端滴下來的水，命中了他的脖子，地上也生長著反方向的石柱。

「掛在天花板的叫鐘乳石，地上長出來的叫石筍。這邊應該是很久以前就有的鐘乳石洞，只是因為某些因素，才在地上出現了開口。」痞子沼說。

我覺得開口八成是上星期大地震造成的，但也沒十足把握，所以沒有說出來。

「平沼同學，你知道的很詳細呢。」美智子佩服地說。

「爺爺教我很多關於探險的基礎知識，我還做過海底洞窟探險的模擬訓練。」

「你是說那個像電玩遊戲的東西嗎？」我說。

「沒錯！以前我們一起玩過，我可是一次都沒有輸給小薰薰呢。」

他的話讓我想起了討厭的過去。片刻後，領頭的痞子沼停下腳步。

「我的繩索用完了，接下來換小薰薰領頭吧。」

咦！已經前進五十公尺了？我感到非常訝異，接著把手中的繩索前端綁在痞子沼的線軸上。

美智子看了看手機說：「這邊已經沒訊號了，差不多該撤退了吧？」

「妳在說什麼啊？接下來才是重頭戲呢！如果妳沒辦法繼續走的話，可以在這裡先折回去。」

聽到痞子沼的話，三田村不安地說：「那，我可以先回去嗎？」

「我沒問題，只是覺得差不多可以回去了而已。」美智子的語氣有點不高興。

三田村聽見後，想了一下又改口：「進藤同學要去的話，我也再陪你們一下好了。」

這時，美智子的手機燈光突然消失，周圍陷入一片漆黑。三田村立刻「啊哇」尖叫起來，我喊著「冷靜點」，連忙打開手機手電筒。周圍立刻亮了起來，但剛才一瞬間的黑暗，引起了四人的不安。

「順著繩索回去就沒事了，而且沿路到這裡都沒有岔路。」但我話才剛說完，洞穴前方就出現了兩條路。

「好啦，現在該走哪一邊呢，小薰薰？」痞子沼在後面催促著。

叫我決定嗎？我內心犯嘀咕，想說選哪邊應該都沒差吧，於是選了左邊。

繼續前進了一段路，天花板落下的水滴越來越多，腳邊形成涓涓細流。

換成我的繩索後，來到一半的二十五公尺處時，出現了一個小空間。

四周一片幽亮，仔細一看，岩石表面在發光。像是密密麻麻地長滿了光蘚，而且光隱隱約約在移動，似乎是類似螢光蚋的生物在活動。

豎耳聆聽，洞穴深處隱約傳來聲音。

海浪聲？我想用手機查看地圖，但沒有訊號，指南針也轉來轉去，方向不固定，磁場看起來並不穩定。

「這裡剛好是一個段落，我們今天就走到這裡吧。」我放下繩索。

三田村和美智子同時輕吁了一口氣，看來他們應該是有點勉強自己跟來。

痞子沼本來似乎有話想說，但忍住沒有開口，聽從我的提議。

難道痞子沼也開始感到害怕了嗎？但我沒有對他提出質疑，擔心倔強的痞子沼會惱羞成怒說出「再繼續前進一下」的話，所以我刻意沒有說出口。

「有水窪，」痞子沼說著就伸手掬水舔了一下，馬上吐出來，「嗚噁，好鹹，是鹽水。」

我含了一口，確實是鹽水。仔細看，水面微微上下搖晃，或許水窪前方和大海相連。

想到這個可能，我開始四下張望，卻發現不遠處有一個奇妙的物體——又白又圓又大的物體，表面像鐘乳洞的岩石一樣，滑溜溜的。看起來比身高一百六十公分的我，還要矮一點。

美智子注意到我在看什麼，說：「好像一顆蛋。」

「我沒看過這麼大的蛋。」痞子沼也發現了。

「全世界最大的蛋是鴕鳥蛋，長十五公分，重量一・五公斤。維基百科說，十七世紀滅絕的鳥類隆鳥的蛋，是鴕鳥蛋的兩倍大，長三十公分，重十公斤。這東西目測有一百五十公分左右，如果這是一顆『蛋』，應該是世界最大的蛋。也就是說，它是世紀大發現！」三田村的聲音因興奮而顫抖。

痞子沼用拳頭敲了兩下「蛋」的表面：「與其說是蛋，它更像石頭吧。」

美智子抱住那顆「蛋」，用臉頰摩擦著說：「好光滑，好舒服。」

下一秒，「蛋」冒出白光，接著光線轉為綠色，布滿岩石的光蘚像是呼應似地明滅閃爍起來。

美智子嚇了一跳，立刻鬆手。「蛋」放射出兩次綠光之後，恢復了原狀，周圍再次被光蘚及夜光蟲的幽光所籠罩。

三田村聲音發顫說：「剛、剛、剛才那是怎麼回事？」

「我怎麼知道？剛剛發現的事情，鬼才知道吧。」

痞子沼說著，又伸手抱住了「蛋」。這回，「蛋」發出白光，接著轉為紅光。當痞子沼的手離開後，「蛋」同樣發出兩次紅光，旋即恢復原狀。

痞子沼和美智子同時轉頭看向我，我知道他們想要說什麼。我走上前抱住「蛋」，它便亮起白光，接著泛出黃光。放開後，又發出兩次黃光，接著熄滅。

一旁的三田村推起眼睛往後退：「我絕對不幹。」

痞子沼用力拍了一下三田村的肩膀，見三田村抵死不從，我出聲給他最後一擊：「從明天開始，我們要改名為平沼．曾根崎探險隊……」

三田村聽了，怨恨地翻眼瞪我：「好啦，我做就是了。」

三田村弓著腰走近「蛋」，用指頭戳了一下。接著死心認命地閉上眼，「啊」

了一聲，一把抱住「蛋」。

「蛋」發出白光之後，朦朧綻放藍光，接著又亮了兩次藍光，最後熄滅。

三田村忍不住「啊哇哇」怪叫，但馬上又自己捂住嘴巴沉默了。

「為什麼每個人的顏色都不一樣？」美智子說。

這也是眾人的疑問，但當然沒有人能夠回答。

「如果我們同時抱住，會變成什麼顏色？」我靈機一動提出建議。

於是，我們四人同時抱住「蛋」，「蛋」再次發出白光，接著綠、紅、黃、藍地依序亮了起來。三田村嚇得一屁股跌坐在溼漉漉的地上，尖叫起來。

他站起來之後，立刻頭也不回地朝洞口衝去。其他三人也跟著拔腿就跑，「蛋」的光從背後追趕上來。

「蛋」就像聖誕霓虹燈一樣，發著四色變換的光，光越來越強了。

洞穴出口並不遠，我們花了三十分鐘進來，但感覺五分鐘就衝出去了。

看到三田村氣喘如牛，身上的褲子溼答答，痞子沼賊笑：

「三田村，你嚇到尿褲子囉？」

「才不是，我剛才跌倒的時候，地面是溼的。」

「開玩笑的啦，可是你開溜的速度未免太快，真是對你刮目相看了。」

面對痞子沼半調侃半誇獎的話，三田村一陣悻悻然。

「現在要怎麼辦？」倒是美智子表現得很鎮定。

「再觀察看看吧，現在已經接近黃昏，今天只能先回去了。」我說。

「明天早上我再去看一下那顆『蛋』。」痞子沼自告奮勇。

「你一個人行嗎，平沼同學？」美智子有點不放心地說。

「總得有人去看一下吧，我家比較近，當然由我來。」

聽到痞子沼這麼說，其他兩人不約而同轉頭看向我。

「你們這是什麼眼神？」

「薰，你是這個團隊的領袖吧？丟給部下可以嗎？」美智子說。

咦？這話不對吧？自由活動G組的老大明明是美智子。但我放棄爭辯，低頭說：「好吧，明天早上我也跟痞子沼一起去看。」

這天晚上，我坐在電腦螢幕前，猶豫著該不該把今天發生的事告訴爸爸。

以直覺來說，我覺得寫信告訴爸爸比較好。上次也是，要不是爸爸伸出援手，我只能坐以待斃。我有預感，這次或許會發生跟上次差不多——不，搞不好會演變成比上次還要嚴重的大事。然而心中那個愛逞強不服輸的我又嘴硬地想著：薰，你要永遠依賴爸爸嗎？

一旦明白自己的弱點，自問自答就會變成毫不留情的攻擊，這樣的問答毫無建設性。經過深思熟慮，最後我寫了以下的內容給爸爸：

✉爸爸，感覺我又有了世紀大發現。不過我想先自己處理看看。請期待我接下來的報告。

寄出這封信時，我覺得自己好像長大了一些。

∴

隔天早上六點。

我先查看信箱，確定沒有爸爸的來信後，就跑出家門。這讓保母山咲阿姨睜圓了眼睛，因為我早上向來怎麼叫都叫不醒，總是在床上賴到遲到前一刻；而且不管時間再怎麼緊湊，一定要吃過早餐才出門。

風很舒爽，我踩著輕快的步伐前往祕密基地。走快一點的話，到平沼製作所路程只要三十分鐘。見到我出現，已經等在祕密基地的痞子沼看看手錶說：

「竟然比約定時間早到五分鐘，以遲到慣犯的小薰薰來說，真是值得嘉獎。」

說完，他就丟給我一瓶運動飲料，冰涼的瓶身因為結露而溼答答的。

「謝謝啦！」我用袖子抹抹瓶身，打開蓋子，灌了一大口。

「好，出發！」痞子沼發出號令。

痞子沼帶了工程用的大型手電筒和數位相機，我心想真不愧是聞名世界的平沼製作所大少爺，同時又覺得「大少爺」這個詞和這小子太不搭了。

我們沿著綁在洞穴入口的黃色繩索，避開流過腳邊的水，往深處前進。昨天花了很久的時間，但今天短短十分鐘就走到了。其實洞穴到這邊還沒有結束，前方還有岔路，肯定相當深邃，昨天剩下來的二十五公尺繩索線軸還放置在原處，旁邊就是那顆「蛋」。

痞子沼取出數位相機，開始從各個角度拍照。

「小薰薰，你站到『蛋』的旁邊，這樣就可以知道正確大小了。」

叫我當比例尺？我心裡犯嘀咕，還是聽話站到「蛋」的旁邊，任由痞子沼對著我拍照。

「小薰薰，抱住那顆『蛋』。」痞子沼接著命令。

他是想要拍下昨天發出黃光的樣子嗎？這個步驟和醫學研究方法很相似。說不定痞子沼這小子其實很優秀？我一邊想著，一邊伸手抱住了「蛋」。雙手環抱的蛋冰冰涼涼而且光滑，抱起來很舒服，可是它沒有發亮。

見狀，痞子沼把相機交給我，換他自己抱住「蛋」，但一樣沒有發亮。

「哎呀！昨天沒有拍照，真是失敗。」痞子沼咂了一下舌頭說。

當下，我和美智子還有三田村都嚇破膽了，根本沒想到要拍照，確實很可惜。想到這兒，我有點興致低落地說：「已經拍到證據照片，現在也沒其他事情可以做，我們差不多該撤退了吧。」

痞子沼抬頭看我，眼睛閃閃發亮，這小子每次想到壞點子就會露出這樣的表情。啊，我有不祥的預感。

「小薰薰，今天我們兩個祕密基地元老成員，來進行一場真正的探險吧！」

「什麼叫真正的探險？」我不懂這話的意思。

「帶著這繩子，繼續走到繩子的盡頭。」

「咦？」我有點遲疑，但只是一瞬間。

因為痞子沼接著慫恿：「小薰薰，你忘了我們以前的口號了嗎？」

「我當然沒忘，『跨越極限，迎向冒險』，對吧？」這句話一說出口，我就知道不可能拒絕了，痞子沼的提議讓我提起了勁。前方是不是能通到海邊？我想確定一下這件事，而且繩索只剩下二十五公尺，再前進這麼一點距離，應該不會有事吧？

痞子沼拿起線軸，往洞穴深處走去。我打開手機的手電筒，照亮痞子沼的腳下，緊跟在他後面。洞穴漸漸變成了下坡。繩索出現貼在最後一公尺處的紅色記號時，痞子沼停下了腳步。

「果然！」我低聲道。

洞穴的盡頭，是一座地底湖，水面規律地上下搖動。我含了一口水，是鹹的，這個洞穴果然和海洋相通。仔細聆聽，遠方傳來波浪聲，我和痞子沼轉身朝洞口折返。雖然沒有根據，但我幻想這顆「蛋」或許是從海上飄來的。

「吃過早飯再走啦。」痞子沼熱情邀約，我原本想客氣推辭，但剛經歷過一場大冒險，我發現自己餓得要命，決定遵從肚子的意願。平沼家的飯廳我很熟悉，以前一起玩祕密基地遊戲時，我經常待在他們家吃飯或享用點心。

「薰好久沒來我們家了。」痞子沼的爸爸平介叔叔說。

「真的！多吃點喔！」媽媽君子阿姨也催我多吃。

「那我就不客氣了。」我不想輸給痞子沼那碗尖起來的飯，大口吃起來。

「一早就吃燒肉，真豪華。」我邊說邊咬了一口肉。

平介叔叔說：「早上吃肉，就會分泌胰蛋白酶分解蛋白質，讓腦袋清醒過來。以前我去美國的時候，只要一落地就先吃一大塊厚牛排，大量的胰蛋白酶甚至可以消除時差。」

難怪痞子沼總是一早就精力充沛到煩人的程度嗎？我莫名地聯想到這點，有種恍然大悟的感覺。

「您在NASA做過研究，真的好厲害。」我說。

平介叔叔有點意外：「可是你爸爸是美國的大學教授，比我更厲害啊。」

「我知道他在研究賽局理論，不過那就像是大型版本的電玩，我一點都不覺得有什麼厲害的。」

「你錯了，應用科學只要擁有技術，彼此就能勢均力敵。但你爸爸是研究純粹的理論，全靠頭腦一較高下，比我厲害太多了。我在NASA做研究時，你爸爸幫了我很多忙，因為他當時已經在美國社會打下了基礎。」

老實說，我覺得痞子沼的父親比較厲害，因為他在我最喜歡的生物節目《厲害達爾文》裡面，操縱「深海五千號」帥氣登場。就連櫻宮水族館的深海館介紹板上也有他的名字，說明他是傻瓜海鞘和呆瓜海鞘的發現者。

我爸爸雖然成為諾貝爾獎候選人，但登上報紙時，他拒絕露面接受採訪，理由是：「獎項這種東西，是頒給已成為過去式研究的空殼，我完全沒興趣。」爸爸居然這樣一語斷定，可以想見他真的是個大怪胎吧。

吃完早餐，我雙手合十道謝：「謝謝招待。」

君子阿姨熱情地詢問：「飯後甜點要吃蛋糕還是水果？或是都吃一點？」

「我好飽，吃不下了。」我拍拍肚子搖頭婉拒。

「我要吃！」痞子沼舉手。他吃了我兩倍的飯量，居然還能再吞掉兩個蛋糕，痞子沼的食欲讓我瞠目結舌，同時也感到佩服。

校規規定不可以帶數位相機到校，但痞子沼完全不理會。

「手機都能帶了，沒道理數位相機不行吧？你把照片拿給三田村，請他負責寫觀察日記。」

我和痞子沼進入教室，美智子和三田村立刻圍上來。

「我們的『蛋』怎麼樣了？」

「跟昨天一樣，沒有變化。」我開口簡短報告。

「可是今天早上抱住它時，它並沒有發光。」痞子沼說完，便展示數位照片。

三田村推起黑框眼鏡，低頭認真看著照片說：

「曾根崎身高一百六十公分，所以『蛋』的高度約一百五十公分。今天傍晚我們再帶捲尺去實際測量一下長度、寬度，以及外圍吧。」

「你不是要去補習嗎？」

被我一問，三田村立刻瞪大眼：「你在說什麼啊？這可是世紀大發現，科學期刊《自然》（*Nature*）級的大發現呢！」

「可是它是『蛋』，又不是人，跟醫學無關吧？」

「我的天，你都在東城大學醫學院待了超過一年，對《自然》居然只有這點程度的認知，真教人傻眼。《自然》不光是醫學方面，也會刊登生物或礦物等一切科學領域的論文。」

「咦，真的嗎？」我隨口應聲。去年的風波，讓《自然》這個詞成了我的心理創傷。直到現在，我偶爾還會想起當我把雜誌標題用羅馬拼音讀成「那支雷」時，「貓頭鷹大魔神」藤田教授用凍原般冷酷眼神看我的情景。

「如果要投，就投《科學》（*Science*）期刊吧！」

「不行，我要向《自然》復仇，」三田村斬釘截鐵地說，「雖然現在全世界幾乎天天都有新物種被發現，但多是深海魚，或是亞馬遜、婆羅洲的昆蟲。大型動物的新物種已經很難再有新發現，光是這樣就震撼性十足了。而且它還是已知範圍內最大等級的『蛋』，絕對可以登上《自然》。」

「可是我們又不確定它是不是生物。」美智子試圖提醒大家冷靜。

「當然是生物了，昨天它不是發光了嗎？」三田村堅持自己的想法。

「但今天早上沒發光，表示它已經死了嗎？」痞子沼提問。

「我必須親眼看到才知道，既然如此，今天放學後我也要去看那顆『蛋』。」三田村下了結論。

美智子聽了馬上附議：「既然大家都贊成放學後去那裡，那畢業旅行的活動計畫就由我一個人決定，可以嗎？」現在這問題一點都不重要了，不可能有人反對，三個男生都點點頭。

宣布放學的鐘聲一響，我們四人同時跑出教室。令人驚訝的是，快步走在最前方的竟然是三田村。

「三田村同學啊，別衝那麼快，小心等下會後繼無力喔！」痞子沼說。

「沒空悠哉，萬一在我們磨磨蹭蹭時，『蛋』突然破殼，就會錯過千載難逢的關鍵時刻。」

「是這樣沒錯啦……」痞子沼不自覺點頭，看來他也被三田村的衝勁嚇到了。

可是才過了十分鐘，三田村就雙手撐著膝蓋，彎下身體上氣不接下氣。

「先在祕密基地休息一下再過去吧，」美智子進一步解釋她的提議，「萬一進了洞穴，才想到肚子餓或口渴，反而浪費時間。」

美智子成功說服心急如焚的三田村，大家先進入祕密基地完成補給。桌上的大托盆裡，零食點心堆積如山。我們吃了仙貝，還喝了冰箱裡的運動飲料。

痞子沼指示：「各自帶一瓶飲料進去吧。」來不及回話，三田村已經跑出祕密基地了。

這是我第三次進來洞穴，對地形已經相當熟悉。三田村雖然累得彎腰駝背，但他毫不退縮，堅持走在領頭的痞子沼旁邊。美智子哼著歌，用手機燈光幫忙照明，跟在他們後面。而我負責在最後壓隊，保護三人。

我們很快就抵達了目的地，「蛋」和今天早上一樣，這也是理所當然。

三田村掏出捲尺，開始測量「蛋」的大小。他一邊讀出數字：「全長一百四十八公分，最大圓周為一百二十公分，最寬處為五十公分。」旁邊的美智子則負責用手機記錄下來。

三田村用拳頭敲了敲「蛋」：「內容物目前還是均質狀態，感覺還要很久才會孵化出來。」

「你怎麼知道？」痞子沼好奇追問。

「因為蛋白是均質溶液，如果裡面已經變成具體的生物，就會不均勻，敲起來的聲音也不一樣。」

痞子沼領悟地點點頭，同時效法三田村動手敲了敲「蛋」。這時，「蛋」亮起白光，我們四人都倒抽了一口氣。

白光忽強忽弱地閃爍著，洞穴裡被照得一片明亮。強光之中，蛋殼逐漸變得透明，其中依稀浮現出影子。那是頭部朝下，蜷起身體的身姿……光線漸漸轉弱，洞穴恢復了先前的陰暗。

「剛才那個影子是嬰兒？」美智子的話在洞穴裡孤單地迴響著，「平沼同學，你有拍下來嗎？」

「不妙，忘記了！」三田村一臉懊惱，但立刻自圓其說，「沒辦法，當下根本想不到要拍照。」

「剛才那是不是嬰兒？」美智子再問了一次。

三田村點點頭：「確實很像胎兒，但是太奇怪了，人是在母親體內成長的胎生動物，不是卵生。」

「的確，沒聽說過有人是從蛋裡生出來的。」痞子沼說。

「會是新種的生物嗎？看起來跟人類一模一樣。」

「絕對不可能！跟人類相近的物種是猿猴類，也都是胎生的，如果卵生的話，就不是哺乳類了。」

「不對，哺乳類裡面，也有卵生的鴨嘴獸。」痞子沼機智地舉實例反駁。

痞子沼跟我一樣，我們都是《厲害達爾文》的忠實觀眾。身為鐵粉，竟被他搶先回答，我感到有點不甘心。

「不管怎麼樣，這都是新物種。既然如此，我想請隊長曾根崎幫忙，請東城大學醫學院協助我們研究這顆『蛋』，好嗎？」

這個提議有點唐突，我發出「咦！」的一聲之後，再也說不出其他話。雖然三田村這個提議有他的道理，可是……

「小薰薰才不想拜託把他整得那麼慘的東城大學醫學院一起研究呢。」

痞子沼居然替我說出心聲，我感到很意外。

「這又不是人類，醫學院能處理嗎？」我也為自己消極的態度找理由。

但三田村完全不退縮地回答：「這沒有問題！醫學實驗也會使用其他的動物，

研究近似人類的動物，是醫學基本中的基本。」這傢伙果然比我更了解醫學院。

美智子突然插話：「等一下，你們要拿我們的孩子當成研究材料？我絕對反對。」

「我們的孩子？」我、三田村和痞子沼像是合唱般同時出聲。

「發現這孩子的是我們，我們當然是他的爸爸媽媽啊！」美智子一臉理所當然，其他三人只是交互看著美智子和「蛋」。

我們盯著「蛋」看了好半晌，但它沒有任何變化，只好決定先離開洞窟。

回到祕密基地，我們各自喝著運動飲料，陷入沉思。三田村似乎欲言又止，但終究什麼也沒說，這樣的氣氛讓我心情也變得沉重。

不知不覺間，三人都看向我。這也難怪，我明白眼前沒有其他方法，只好開口打破沉默：「接下來，我們自由活動G組改名為『蛋蛋保護隊』，每天至少得過來看一次。只不過，四個人每天都來的話，太浪費時間，輪流就可以。美智子是女生，所以除外……」

聽到我的話，美智子不悅地打斷：「不要擅自決定，我覺得我比你們三個能幹多了。」

「話是這樣說沒錯，可是萬一妳出什麼事，我們男生就太沒面子了。如果妳身為『母親』，無論如何都想參加保護隊的話，進去洞穴時，一定要有人陪伴。」

美智子滿臉不服氣，但還是勉強同意了。

痞子沼接著說：「我家比較近，我可以多來幾次，兩倍都沒問題。」

我原本就想這麼拜託痞子沼，沒想到他自告奮勇，真是令人慶幸。

「太好了，痞子沼。三田村呢？你要參加嗎？」

「當然，補習班落後的功課，之後再努力補回就行。」三田村堅定地說。

他的回答讓人驚訝，一直以來，三田村總是推說要補習，用這個理由逃避參加學校活動。看來，去年的那場風波，確實讓三田村脫胎換骨了。

「那麼保護隊的工作，星期一痞子沼，星期二是我，星期三痞子沼，星期四是三田村和美智子，星期五痞子沼，星期六是我，然後星期天是大家一起來，這樣分配如何？」

痞子沼抗議：「我說我可以兩倍，可是星期一、三、五、日總共四天，這不是四倍嗎？」

我冷靜地回答：「不，你算錯了。我是星期二、六、日，三天，三田村和美智子是四和日，兩天，而你是四天，剛好兩倍吧？」

痞子沼扳著左右手指計算，雖然一臉無法信服，但沒有吭聲。

接著我立下決心說：「找東城大學醫學院討論的事，我會積極研究看看。反正明天我要去東城大學，而且我現在不是在藤田教授的『綜合解剖教室』，而是在草加教授的『神經控制解剖學教室』，比較容易開口拜託。要是在之前的教室，打死我也不想開口。」

我嘴上雖然這麼說，但其實心裡已經想到了一個祕招。

第3章

4月13日(四)

發生過的事
無法抹滅。

隔天星期四，是我每週固定去一次東城大學醫學院的日子。

從我家到東城大學醫學院走路要三十分鐘，搭公車要二十分鐘。距離和天天（星期四除外）要去的櫻宮中學差不多，但方向相反。而我住的「瑪丹娜公寓」剛好位在櫻宮中學和東城大學醫學院附屬醫院的中間。

櫻宮市民習慣把東城大學醫學院稱為「山上的醫院」，或「山上的大學」。這座「山」的正式名稱是櫻宮丘陵，其實只是座小丘，還不到「山」的高度。

「往大學醫院」的公車，車身是紅色的，車程最後五分鐘是上坡路段，爬上小丘之後的終點站就是「東城大學醫學院附屬醫院」。

我下了公車，仰望正面的雙子高塔。東城大學醫學院附屬醫院新大樓是白色高塔，緊鄰一旁的灰色舊塔以前是病房大樓，現在則成了安寧大樓。

我在醫院前方左拐，走上土堤小徑。這條小徑兩旁櫻花樹夾道，每逢春季，便成為賞櫻勝地，但今年的櫻花開得比往年更早，在三月尾聲時櫻花便已經全部凋謝了。

土堤小徑的盡頭有一棟五層樓的低矮建築物，牆面是黯淡的紅色。若是從上空以無人機拍攝，便可以看出它是正方形的。那裡就是我每星期會來一次的紅磚建築。來到建築物前，回望灰白兩色的雙子高塔，左邊還有一棟像橘色雪酪的建築物，那裡是小兒科病房，俗稱「橘色新館」。以前一樓是急診中心，二樓是小兒科病房，但大學醫院倒閉又復活時，急診中心並沒有同時起死回生。

紅磚建築的電梯速度慢得像烏龜爬，而且門關上的瞬間，燈還會熄滅。我在三樓走出電梯，迎面就看到「神經控制解剖學教室」的牌子。

打開門，裡面有五名白袍男子和一名穿立領學生服的人坐在椅子上。

「又在遲到前一刻出現，『曾自然』，你是董事長嗎？」晨會的主席——講師赤木醫生開口就是對我吐槽。

「曾自然」是把「曾根崎」和《自然》雜誌的「自然」組合而成的綽號。不過會這麼叫我的，也只有赤木醫生一個人而已。

「對不起，今天公車誤點了。」我一如往常搬出這個藉口，在立領制服的學生旁邊坐下來。

右眼泛著冷光的這個人，是我的前輩佐佐木學長。即使知道他的眼神為何會如此冰冷，每次看到的時候，還是會忍不住畏縮一下。

九點整，房門打開，一名像白鬚仙人的老爺爺走了進來，他是這間教室的指導者草加教授。

赤木醫生喊口令：「起立！敬禮！」全員站起來行禮。赤木醫生說「坐下」，眾人才又坐下來。

草加教授開口：「啊！今天是曾根崎同學來的日子呢，就從飯田醫生開始，報告昨天的實驗結果吧！」

身穿白袍的醫生們，手中都有拿到組織照片和寫有日期的紙張。

「前些日子我提交的報告內容，在電子顯微鏡的切片標本中，看到了大腦皮質神經細胞有間隙狹窄的現象，但後來我又追加製作了十片左右的標本，卻沒辦法再看到相同的情形。」

「這樣啊，很可惜，但不能躁進。唯有縝密、耐心、謙虛地等待，才能挖掘出科學真理。」

聽到這話，我差點掉下眼淚。如果那時候我的指導教授是草加教授，桃倉醫生現在一定也還繼續留在這裡。接著，換高大如南島摩艾石像的赤木醫生發言，我看著他口沫橫飛的樣子，回想起半年前的事。

∴

國一時，我在「全國統一潛能測驗」中拿到了全國第一名的成績，結果跳級進入東城大學醫學院。明明只是一個國中生，卻同時在醫學院做研究。而我之所以能夠考到全國榜首的成績，是因為題目出自我的爸爸。爸爸接到文部科學省一位名叫小原的官員提出的古怪委託，要求讓測驗考出來的全國平均分數只有三十分，於是爸爸拿我當白老鼠設計試題。糊塗的他忘記自己的兒子也是應考生，結果我在考前就已經全盤掌握了題目內容。

就這樣，我跳級進入東城大學醫學院。開始參與研究沒多久，就獲得「世紀大發現」，引來各界矚目，還上了電視節目。只不過這個世道可沒那麼好混，其實我的大發現是錯的，最後淪為假造研究結果的驚世國中生，臭名昭彰，當時真的很慘。

我向老天爺發誓，真的不是我的錯，全都是指導教授藤田惹出來的爛攤子。但是爸爸說我也應該負起責任，因此我以自己的方式對此事負責了（應該算有負責啦）。

經過那次的事件，我也體悟到一個道理，就是不管發生任何事，只要真心誠意去面對，一定會有人看到自己的努力。

只不過，已經發生的事也不可能抹滅，我跳級進入醫學院的安排就這樣擱置下來了。但醫學院的高層似乎認為直接把我踢出去，不是教育單位該有的行為，因此，我這個國中醫學生原本每星期二和四都會來東城大學醫學院做研究，在事發後被降級為研究助理這種半吊子的身分，每週只要星期四來一天就可以。

老實說，我已經受夠醫學院了，但若是拿掉跳級國中醫學生這個唬人的身分，去醫學院還滿好玩的。每個人都對我另眼相待，任何教室我都可以自由進出。當然，害我吃盡苦頭的「綜合解剖學教室」，我是避之唯恐不及。

事發當時，藤田教授看起來有些喪氣，但經過半年後，他又恢復一副若無其事的嘴臉在校園裡昂首闊步。偶爾我在走廊與他擦身而過，他也毫不掩飾地直接撇過頭去。

「綜合解剖學教室」的死對頭——「神經控制解剖學教室」的赤木醫生，也就是現在正在做簡報的醫生，是他把我挖角「救」出來。赤木醫生是我以前的指導老師桃倉的朋友，桃倉醫生為當時的風波扛起責任，離開了東城大學，赤木醫生便主動請纓，表示要照顧我。剛好藤田教授一直想把論文造假事件中害他出盡洋相的三人組趕走，便順水推舟地把我和佐佐木學長一起丟過來了。

我小小聲地對旁邊的佐佐木學長耳語：「我有事想跟學長說。」

偏偏今天赤木醫生的報告特別長，而且草加教授還突然問道：「曾根崎同學，赤木的報告你聽懂了嗎？」草加教授第一次這樣問我，我有些緊張地搖搖頭。

「這樣啊，我老是提醒赤木，報告要讓外行人也能聽得懂，看來他還是不行呢。等下會議結束，赤木你把自己的研究再向曾根崎同學解釋一遍，告訴他這次的實驗意義在哪裡。兩小時之後，我會確定曾根崎同學理解了多少。那麼，今天晨會到此結束。各自解散，努力去做自己的實驗吧！」

會議解散，眾人陸續離開，留在房間的赤木醫生暴跳如雷：「我忙得要死，為什麼還要浪費時間向跑來玩的國中生大少爺解釋我偉大的實驗！草加教授太不務正業了。」

怪不得赤木醫生會這麼生氣，居然想要讓國中生的我理解赤木醫生正在進行的深奧實驗內容，草加教授實在太奇怪了。

原本安靜坐在一旁的佐佐木學長突然開口：「赤木醫生，請不要生氣。每星期只來一天，幾乎就是來玩的國中生，當然不可能理解醫生艱深的實驗。不過這次連一起做實驗的我，也有一些無法理解的地方。這是個好機會，如果醫生能對我們這兩個門外漢，從最基礎的地方開始說明，我們會很感激的。」

前一刻還氣得火山大爆發的赤木醫生，突然冷靜下來。

「如果不是對愚笨又吊兒郎當的國中生，而是對能幹的實驗夥伴救援手佐佐木說明，這件事就有意義多了。」赤木醫生拿著筆，站到白板前。

「我的研究題目是〈NCC的替代刺激置換現象〉。我先問一下曾自然，你有什麼地方不懂？」

「全部都不懂。」我坦白回答。

「我想也是，那麼，就先從『NCC』開始說明吧。NCC就是『Neural correlates of consciousness』，也就是『意識相關神經區』的學術專有名詞縮寫，你懂嗎？」

我用力搖頭，赤木醫生驚愕地瞪大眼睛：「不懂?意識相關神經區，就是和意識相關的神經區啊！」

「喔，這樣的話，我懂。」

「為什麼前面的不懂，這個就懂？只是在單字之間加了助詞而已啊！」赤木醫生滿頭問號。

聽起來很怪，但確實是這樣沒錯，「意識相關神經區」這個名詞就像某種新物種或新上市食品的名字，長得要命又難理解。不過把它區分成「和・意識・相關・的・神經區」，這樣一來，每個詞我都能認得了。

至於是在表達什麼，最重要的內容意義，我依然是一頭霧水。

「嗯，我確定一下基本中的最基本。曾自然，你知道『神經纖維』或『突觸』這些詞嗎？」

「討厭啦，這不是常識嗎？我在國二的生物理化就學過了。」

「是嗎？那你解釋一下。」

媽啊，居然逼聆聽解釋的人解釋，這不是犯規又違規，和草加教授的指示完全相反嗎？儘管這麼想，但情勢所逼，我只好硬著頭皮解釋：

「神經細胞有樹狀突起和神經纖維，和旁邊的神經細胞連在一起。連接的地方就是『突觸』，突觸有隙縫，中間藉由神經傳導物質來傳遞電流訊號。」

赤木醫生雙眼睜得大大的：「嚇死我，這個回答一百分！這麼優秀的小朋友，怎麼會無法理解NCC，真是個謎。」

其實這是有玄機的，我重新轉入這間教室時，我的智囊三田村私下傳授了我神經方面的基礎知識。

旁邊的佐佐木學長接著提問：「神經元呢？你知道是什麼嗎？」

「呃……神經元是在大腦裡面，神經和神經串連在一起……」我突然結巴，支支吾吾地說不出來。

佐佐木學長瞥著我，對赤木醫生說：「您不可以輕易相信這小子。他知道神經細胞，卻不知道什麼是神經元。」

「原來如此，這年頭的國中生對醫學的理解程度就是這樣嗎？」赤木醫生嘆了口氣。

「所以神經元到底是什麼？我記得在課本，還是在哪裡有看過……」

赤木醫生深深吸了一口氣，說道：「趁現在你徹底記到腦袋裡面吧，不要再問我第二遍了！我只說一遍，洗乾淨你的耳朵聽仔細！『神經元』就是『神經細胞』。」

咦咦咦？糟了，沒想到居然是一樣的東西。我怎麼會如此失策，這發展簡直就跟〈來自古代的挑戰〉那集一樣嘛！超人巴克斯雖然找到了變身怪獸里德費巴的弱點，卻沒發現它就是和古代獸多冬葛皮拉斯一樣的怪獸，結果陷入苦戰。

抱歉！沒看過《超人巴克斯》的人，根本不曉得我在說什麼吧。

這下子，我真的把「神經元＝神經細胞」的等式確實放進腦袋裡面了。如果不確實記住，可能會被赤木醫生修理。

「難道這小子是把『神經元』和『神經元學說』搞混了？」佐佐木學長提出疑問。

哎呀！怎麼又冒出更多複雜的東西……？莫非「神經元」和「神經元學說」

不一樣嗎？

看到我一臉驚慌的樣子，佐佐木學長解釋說：「義大利醫生高爾基發明了使用硝酸銀和重鉻酸鉀的染色方法，可以針對塞滿大腦的神經元進行一部分染色，成功用肉眼觀察到『神經細胞＝神經元』。於是發明染色法的高爾基提出『網狀理論』，認為神經元是直接連結在一起的。但尊敬高爾基的西班牙神經學家卡哈爾卻認為，神經元之間是有隙縫的，也就是所謂的『神經元學說』。」

赤木醫生陶醉地看著佐佐木學長：「我有時候真想不透，為什麼救援手佐佐木能這麼正確地理解專門知識？不過你本來就是超級高中醫學生，這也難怪。」

「不是的，我只是剛好對科學史感興趣而已。」佐佐木學長語氣平靜地解釋。

「對對對，所以我才會誤會神經細胞的連結是『神經元』。既然『神經元』就是神經細胞，為什麼要把連結取名叫『神經元學說』呢？這位學者的腦袋也太奇怪了吧？」

赤木醫生感慨地看著我搖頭說：「我實在是想不透為什麼『曾自然』這麼愛

強詞奪理？難不成你爸爸是律師還是搞笑藝人？」

「我爸爸是在美國大學研究賽局理論的學者。」

「對吼，差點都忘了。你爸爸就是在轟動世紀的道歉記者會擊垮『老貓頭鷹』藤田的幕後黑手嘛，難怪會生出像你這樣『說一句頂一句』的小朋友！」

赤木醫生目不轉睛地打量我片刻，接著說道：「好吧，我再為你解釋一下。神經細胞之所以叫做『神經元』——『neuron』，是因為在與高爾基的『網狀理論』對決後，卡哈爾的『神經元學說』勝利了。藉由新武器——電子顯微鏡，直接看到了連接的部分，確定神經細胞連接處的樹狀突起周邊是有縫隙的。」

「那個就是『突觸』對吧？我讀過一本叫《身體說明書》的書，所以我會畫人體地圖，但是並沒有畫過『神經元』的圖，所以對它不了解。」

「《身體說明書》確實是一本名著，我也常會在解剖實習課之前，叫醫學生先閱讀這本書。凡事最重要的就是掌握正確的意象。『神經元＝神經細胞』，它的連接處就是『突觸』，也就是說『神經細胞的接頭＝突觸』。而這些突觸之間有縫隙，稱為『突觸間隙』。聽到這邊，你可以理解嗎？」

我在腦中的記事本快速寫下「神經元」、「突觸」及「突觸間隙」三個詞，用線連起來。雖然還是不太懂，但赤木醫生並不打算管我，逕自說下去：

「『神經細胞＝神經元』是由樹突、細胞體和軸突構成的，『神經元』伸出的樹突與其他神經元的軸突會連在一起。神經元的訊號傳導是透過電流進行，細胞體的電位上升——稱之為spike，會沿著軸突傳遞。細胞體就像一台迷你發電機，軸突是電線，前面其他神經元的樹突就像多孔延長線。也就是說，許多的神經元電流訊號會集中到一個神經元的電流訊號，做出『反應或不反應』的選擇，然後再傳遞到下一個神經元。」

「這樣不會撞成一團嗎？」

「你有這個疑問很自然，答案很簡單，訊號很少會撞在一起，但有些人偶爾會發生這種情況。放電有時候也叫做『神經元發火』，多的時候一秒會發生多達一百次，每一次都有大量的訊號在整個大腦交錯竄流。」

「就像櫻宮車站圓環的聖誕節霓虹燈嗎？」

「嗯，若是當成它的巨大版，或許也不能說是錯的。」

赤木醫生有點無奈地說，他像是認命般接受我的古怪聯想。

「牢牢記住這個知識之後，再傳授你一個小知識。神經元剛開始被研究時，英國的生物學家赫胥黎和霍奇金用的是烏賊的巨大軸突。嗯，你知道軸突吧？」

「是和樹突連在一起，像訊號輸出線一樣的東西嗎？」

「唔，也不能說不對，但為什麼從你口中說出來，就像是動漫內容呢？回歸正題，烏賊的巨大軸突直徑有一毫米那麼寬，他們把電極插上去，調查電位變化。當時霍奇金在英國普利茅斯的海洋研究所工作，烏賊要多少就有多少。」

「做完實驗之後，就可以吃到烏賊生魚片嗎？」

「英國人不吃生魚片，應該是烤來吃吧……喂，我差點被你傳染，變得不正經了。」赤木醫生終於忍無可忍，拍了一下我的腦袋。

他轉頭看了看桌上，拿起托盆內的零嘴，擺到盤子上。「重來，我繼續說明。

你知道這是什麼嗎？」

「『超人巴克斯巧克力球』，前年為了紀念《超人巴克斯・特別版》動畫上映而推出，超級搶手。聽說《超人巴克斯・零》可能要改編真人版，有祕密消息說到時可能會推出新版巧克力球，會比普通版的加大二・五倍……」

「停！我不需要聽這些無聊的說明，總之這就是巧克力球。」

我失落地點點頭，三歲小孩都看得出那是巧克力球。

「這巧克力球是什麼顏色？」

「呃，焦褐色。」

「曾自然同學對無關緊要的地方有著莫名的執著呢，你只要說它是黑色的就可以了。」

「那就黑色吧！」

「可是，這真的是黑色嗎？」

……這人到底在說什麼？我明白赤木醫生對我的理解力低落感到不耐煩，但希望他也能體諒一下，我對他的說明同樣感到很不耐煩。

「所以我剛才不就說是焦褐色了嗎……？」

「不是在說那個，這個就是黑色。我的意思是說，你看到的黑色，和我看到的黑色，真的是一樣的黑色嗎？」

「咦？不管什麼人來看，黑色都一樣是黑色吧？」

「沒錯，只要調查顏色的波長，就知道看到的是一樣的顏色。可是我認知中的黑色，或許和你眼中的黑色不一樣。不過，這件事沒有辦法查證。」

雖然模模糊糊，但我漸漸明白赤木醫生想要表達什麼了。也就是說，我看到的世界，和赤木醫生看到的世界，無法完全保證是一樣的。

「現在我們眼中看到的世界是什麼？人類是依靠神經元的電位變化來獲得資訊。現在曾自然你看到的巧克力球倒映在視網膜，活化視網膜裡的三種視錐細胞，將色彩和形狀傳遞給神經細胞。也就是說，曾自然心中的實體，其實只是電流訊號。」

「也就是說，巧克力球、漫畫雜誌《Dondoko》、《超人巴克斯》，在我體內全都變成了電磁波嗎？」我驚訝地反問。

「沒錯，想不到要讓你理解這些基本知識，竟然要花這麼大的功夫。好了，接下來很重要，豎開你的耳朵仔細聽。『NCC＝意識相關神經區』的基本概念當中，有個學術名詞叫『感質』，也就是『感覺意識體驗』。」

豎開你的耳朵？赤木醫生講話時，常會用一些平常不會聽到的說法，難道他以前曾經參加搞笑社團嗎？我一邊胡思亂想著這些，一邊回答：「『感質』我聽說過。就是腦袋裡面長出來的，像球一樣的東西對吧？」

「『球』……唔，算了。我就是在研究它的『替代刺激置換現象』，也就是以其他東西替換這些電流刺激，重新建構我們所認知到的世界。」

每個字都聽得懂，但內容太複雜了，我完全不懂他在說什麼。看來又回到起點了。

這時，一直沉默的佐佐木學長終於開口：「簡而言之，我們現在『意識』到的一切，都是『心』在感知的，赤木醫生想要用人工來打造出這個『心』。」

「也就是現在流行的ＡＩ嗎？」

「不對，ＡＩ是人工智慧，已經有部分成功了，但我男子漢赤木雄作才不會跟在別人的屁股後面做一樣的研究。『心』還沒有任何人做出來，因為『意識』的實體究竟是什麼，還是一片渾沌。我們會知道、思考各種事，是心、也就是意識在思考，但電腦無法重現這樣的行為。」

「也就是說，赤木醫生想要做人型機器人嗎？」

「人型機器人比較接近ＡＩ，我想做的是『心』的移植。現代醫學，心臟已經都可以移植了，卻還是有無法移植的器官，那就是大腦。意識存在於大腦當中，若能成功移植意識，人就能永生不朽，我的研究就是以實現這樣的世界為目標。很厲害吧？」

佐佐木學長語氣冷靜地說：「我早就推測到赤木醫生的動機應該就是這樣，可是如果要研究『心』的移植，『解剖學教室』難道不是離這個目標最遙遠嗎？

因為這裡的研究材料是屍體。」

「救援手佐佐木，你知道我在進研究所之前，是哪一科的醫生嗎？」

「我原本以為赤木醫生是解剖學的專家，但從剛才的話聽起來，您是腦外科或神經內科的醫生嗎？」

「錯，六年前，我是眼科醫師，想要研究『看』這回事。因為只要解開『看』的謎，就能幫助失明的人。現代醫學雖然無法讓切斷的腳重新長回來，但只要利用精巧的義足，人還是可以走路，我想要在視力方面做出一樣的事。」

「所以赤木醫生才會把我找來？在我被藤田教授拋棄的時候，讓我進來這間研究室？」

「這只是理由之一，視網膜母細胞瘤是眼科重要的研究主題，你想要研究它，當然是眼科的寶貴人才。所以我對草加教授施壓，請他幫忙將救援手佐佐木加入我們教室，沒想到卻跟來了一個拖油瓶『曾自然』，真是大失算。」

什麼？原來我是佐佐木學長的拖油瓶嗎？看來我得感謝佐佐木學長才行。

不，等等！也就是說，如果沒有佐佐木學長，我現在早就恢復普通的國中生身分了嗎？佐佐木學長到底是恩人？還是仇人？我完全弄糊塗了。

「視網膜的視錐細胞有辨認紅、綠、藍的三種，以紅（Red）、綠（Green）、藍（Blue）的英文首字母，分別稱為視錐細胞R、G、B。我原本想要深入研究它的形態、功能差異及分布，成為視網膜博士。在解剖學教室，每年可以透過實習解剖近五十具大體，對我來說簡直是寶山。等到實習一結束，我就努力蒐集視網膜組織，製作標本，從早到晚用顯微鏡觀察。想不到，當我順利取得博士學位，準備回去眼科時，那兒已經沒有我的位置了。正當我束手無策時，草加教授問我要不要加入他的教室。草加教授是我的大恩人，為了報答他，我想要做出驚人的研究。」

赤木醫生說完，露出遙望的眼神：「我成了視網膜博士，但還想更進一步研究『看東西』是怎麼一回事。想到這裡的時候，我忽然想到大腦就是一團電磁波。人的知覺、運動、思考都是腦中的電磁活動，依靠神經細胞和突觸的積聚來活動。確實，神經元的數量龐大，分析困難，但追根究柢，都只是在重量不到兩公斤的大腦這個器官裡進行的事。我相信既然如此，一定有辦法重現，這就是我研究的原點。」

赤木醫生說著說著，臉頰因為興奮而潮紅。我和佐佐木學長都看呆了，直盯著他看，注意到我們的視線後，他吁了一口氣說：「哎呀，不小心激動起來了。總之，我的研究就是來自這樣的背景，聽到這裡，還有什麼問題嗎？」

我用力搖頭，但說實話，還是滿腦子問號。最大的問題是──「我不知道自己不知道什麼」。不過，要是這時候提出來，赤木醫生絕對會大發雷霆，所以我沒敢吭聲。等等在接受草加教授小考前，只要偷偷請佐佐木學長私下指點我一下就好了。

取巧是我的基本戰略，換個說法，也就是自己做不到的事情就選擇依靠別人，這才是做人的基本。

赤木醫生此刻的表情，好像在哪裡看過？我想了一下，啊！是《超人巴克斯》的幕後大魔王——地獄博士的表情。若是那個喜歡成天「齁齁」怪叫的貓頭鷹壞蛋藤田教授也就罷了，赤木醫生的形象是正義熱血漢，再怎麼說，兩者好像都搭不起來。

想像身材魁梧的赤木醫生彎身查看小眼珠治療的景象，總覺得令人莞爾。我知道如果把這個念頭說出來，可能又要被他敲頭了。

結果，草加教授並沒有找我去提問考試。聽到祕書阿姨說「草加教授出去了，今天不用小考」，我感到一陣落空。

看到滿臉失望的我，佐佐木學長冷冷地說：「這樣不是很棒嗎？要是你小考不及格，那麼認真為你說明的赤木醫生會大受打擊的。」

確實也是，竟然能用這樣的角度看待事情？我不禁感到佩服。佐佐木學長明明總是冷眼看世間，但不知為何，他總是能夠第一個找到正確答案。或許只有一隻眼睛，反而可以更清楚地看透許多事。

「對了，你剛說有事情要跟我說，很快就能說完嗎？還是需要很久？」

「可能會需要一點時間。」

「那我們去新大樓的餐廳，一邊吃一邊說吧。」

平常我們都吃紅磚樓的餐廳，好久沒去「滿天」了。我忍不住開心起來，連連點頭。

第4章

4月13日(四)

準備萬全，

什麼事都不會發生。

我和佐佐木學長一起離開紅磚樓，經過土堤路。視線前方是灰白兩色的雙子大樓，從這裡走過去約十分鐘左右。

我們的目的地是新大樓頂樓的景觀餐廳「滿天」，「滿天」以前在灰色的舊大樓頂樓，但現在搬到新大樓了。舊大樓原本的地點，現在開了分店的咖啡廳「清流」，赤木醫生說那裡主要提供輕食，但我還沒有去過。

上午十一點，新大樓頂樓的「滿天」門可羅雀，我和佐佐木學長在窗邊坐下來。從窗戶可以遙望櫻宮灣，水平線閃爍著銀光。看到海角附近閃亮的塔，我想起桃倉醫生的話——那是遠古以前的貝殼殘骸，聽說那個地方原本建了一座有來歷的塔，可是沒多久就崩壞了。

我和佐佐木學長面對面坐著，吃起炸麵渣烏龍麵。

「學長知道海角那座玻璃城堡是什麼嗎？」

佐佐木學長望向窗外，語氣懶散地說：「那裡是『未來醫學探索中心』。」

「是做什麼的地方呢？」我進一步追問。

佐佐木學長抬頭說：「問這個做什麼？跟你要說的事有關嗎？」

他幹麼突然不高興啊？我心裡嘀咕，但還是搖搖頭回答「沒有」。然後，我坐正身子開始說：「我想想，該從哪裡說起才好？有點混亂。」

說是這麼說，但開始說明之後，其實一點都不複雜。我把我們在洞穴發現一顆巨大的「蛋」，不同的人抱上去，蛋會發出不同顏色的光。隔天，蛋變得透明，裡面有個像胎兒的東西……全部的經過只用三言兩語就說完了，其實也只有這樣而已。

佐佐木學長聽完之後，低頭喝光烏龍麵的湯：「你真的天生就會招惹麻煩事呢。唔，算了，吃完就過去吧。」

「過去？去哪兒？」

佐佐木學長對我的反應目瞪口呆：「從我們對話的脈絡來看，除了去那座洞穴，還能去哪裡？」

走出餐廳之後，佐佐木學長說：「我要先去一下地下研究室，你在站牌那邊等我。」說完就跑回紅磚樓。

我坐在公車站的長椅等他，遠方樹鶯啁啾啼叫。看著到站的公車，醒目的紅色車身，感受一陣春風拂過臉頰。

沒多久，佐佐木學長就拎著黑色小包包趕來了。我們才踏上「往櫻宮車站」的櫻宮交通公車，車子就立刻啟動出發。

公車開下醫院的坡道後，我們在「櫻宮十字路」轉乘「往櫻宮水族館」的藍色公車。

第一站「喬納斯」就在美智子家附近，第二站「瑪丹娜公寓」就在我家前面，接下來再行駛十五分鐘，是「櫻宮中學」，再繼續開十五分鐘會抵達的「櫻宮水族館」，是離平沼家最近的公車站。回程要搭「往櫻宮車庫」的公車，每四班就有一班是「往櫻宮海角」。

坐上公車時，我就立刻傳ＬＩＮＥ通知美智子——我和佐佐木學長要去洞穴，下課後，叫大家一起去祕密基地會合。

我們在終點站下車，朝水族館的反方向，背對大海往前走。腳程很快的佐佐木學長快速前進，但他不知道路，所以在岔路口停下來等我。

我們走進「平沼製作所」後方岩山的小徑，抵達祕密基地。我拿了一瓶運動飲料給佐佐木學長，他旋開瓶蓋，咕嘟咕嘟一口氣喝完了。

「謝啦，那麼我們出發吧。」他難得看起來迫不及待，總覺得這個模樣很熟悉，猛然想起就像之前的三田村。剛開始探險洞穴的時候，三田村畏首畏尾、裹足不前，直到發現了那顆蛋，他立刻變得非常積極。

抵達洞穴入口時，我發現黃色繩索有點髒，難道是昨晚下雨的關係嗎？工程用的繩索很堅固，應該不會斷掉，但我還是不免有些擔心。

佐佐木學長拿著基地帶來的手電筒往前走，大概走了十分鐘左右，每次來都覺得「蛋」的地點變得更近，但應該只是熟悉環境的緣故。

順利來到岩石被光蘚包圍的廣場，白色的「蛋」孤零零地在那裡。佐佐木學長用手電筒照亮那顆「蛋」觀察，然後打開黑色包包，開始測量輻射線量。

他取出「蓋格計數器」，那是地下室分子生物學實驗室的儀器。啟動開關時，會發出一陣嘎嘎刺耳的聲響，指針猛烈擺動。

「檢驗出實驗室標定程度的微量輻射線，但不到需要防護的程度。」

佐佐木學長迅速陸續做出指示：「你說你抱住那顆『蛋』不會發亮？那你用你的手機，錄下我抱住蛋的樣子。」佐佐木學長說完就自己抱住了「蛋」，可是它仍然沒有任何變化。

佐佐木學長放開「蛋」，走過來查看影片，表情厭惡地說：「好像看到稀罕的東西就撲上去的無名YouTuber。」他喃喃地自言自語，動手刪除影片。

我也將洞穴深處有地底湖的事告訴佐佐木學長，他說：「過去看看吧。」

黑暗中，抵達地底湖的佐佐木學長低聲說：「這個洞窟通到大海，很可能是海水侵蝕形成的。前些日子的地震，造成一公尺高的小海嘯，也許是海水湧入洞窟，造成了對外出口。意思是說，那顆『蛋』很可能是從大海漂過來的。」

佐佐木說完，看了看湖面片刻，很快便轉過身離開。

洞穴外面，已經有三人正在等著我們。佐佐木主動開口說：「你們是薰的朋友吧？我記得論文道歉記者會的時候，你們也來替他加油。」

「學長居然還記得我們，太令人開心了！」美智子瞬間臉紅，聲音和口氣都跟平常完全不同。就像櫻花電視台的記者大久保梨里小姐，對我說話和對著攝影機說話時，聲音完全兩樣情。

「有什麼醫學上的發現嗎？」三田村問。

「我發現了相當有意思的事，先過去祕密基地再詳細說明吧。」

我們一行人匆匆進入小棚屋，佐佐木學長在白板條列整理與「蛋」相關的資訊，邊寫邊說：「這是我們目前知道及觀察到的事實。」佐佐木學長的字非常漂亮，讓我嚇了一跳。

①「蛋」全長一四八公分，最大徑一二一公分，最寬處五〇公分。

②「蛋」上方的天花板，有一個蛋可以通過的洞穴。

③「蛋」周圍的輻射線量為○．○六毫西弗。

④「蛋」被人碰到，一開始會發出白光。

⑤接下來發出的光，顏色因人而異，每個人有獨特的顏色。
（進藤→綠，平沼→紅，曾根崎→黃，三田村→藍）

⑥「蛋」一發光，周圍的光蘚也會跟著發光。

⑦四人同時觸摸「蛋」，一開始會發白光，接著依照綠、紅、黃、藍的順序發光。

⑧「蛋」來自何處、是否有母親，相關狀況完全不明。

佐佐木學長「叩啦」一聲拋下筆，轉身看向我們：「大概就這樣，各位若有注意到什麼其他的事情，請提出來，也接受提問。」

我們彼此對望後，美智子舉手：「你說它有輻射線，會不會有危險呢？」

「輻射的量和拍胸部X光片的量差不多，只要不是長時間待在旁邊，應該不致於影響健康。」

「可以請醫學院研究這顆『蛋』嗎？」三田村怯怯地問。

「當然可以，這是大型生物的新物種，這個發現可以輕鬆登上《自然》等級的期刊吧。可惜的是沒有錄到發光狀態，要是有機會，一定要錄下來。」

「我覺得有可能只有那個人第一次碰到的時候才會發光。」痞子沼說。

連三年B班的小霸王說話都變得恭敬了，佐佐木學長真厲害。

「這想法不錯，可是應該不是。剛才我抱住那顆蛋，它也沒有發光。」

聽到佐佐木學長這麼說，痞子沼有點遺憾地搓了搓鼻子。

「我有個提議，我們幫他取個名字吧！因為無法相信東城大學醫學院的教授老師們，如果只是叫『蛋』，我擔心他會被當成實驗動物一樣對待。若他像人類嬰兒般有個名字，應該就沒辦法把他當成實驗動物了。」美智子這麼說。

「這個想法也不錯，但妳有些誤會了。大學雖然會做動物實驗，但禁止隨便殺害或傷害動物。醫學院每年一次，會邀請捐獻大體做解剖實驗的大體老師家屬，舉行慰靈儀式。同樣地，也會為實驗動物舉行慰靈儀式。」

「慰靈儀式！是替被殺死的動物舉行葬禮嗎？我絕對不會讓那孩子參加什麼慰靈儀式。既然大學不會把人類當成實驗材料，我希望也能把他當成人類一樣看待。」美智子堅毅地瞪著佐佐木學長說。

佐佐木學長點了點頭：「我知道了，對於東城大學，我也不是那麼信任，我會儘量滿足妳的想法。」

美智子鬆了一口氣，環顧其他人：「大家提出想要取的名字吧！用多數決應該沒問題？」她的語氣有些不乾不脆。這種時候，為了顧慮到別人，反而顯得過分客氣。

「妳想幫他取什麼名字呢？除了妳，沒有人想到要幫那顆『蛋』取名啊。對吧，三田村、痞子沼？」聽我這麼說，兩人也都「嗯嗯」點頭。

美智子開心表示：「那我先來提議，我想把他取名叫『生命』。」

「『生命』？沒聽過有人取這種名字。」痞子沼怪叫說。

「就是這樣才好，因為不知道這孩子是男是女，叫他『生命』的話，不管是什麼性別都可以。薰，你覺得呢？」

這位小姐，居然拿名字的問題來問我？難道她不知道「薰」這個可男可女的名字，從小到大不曉得讓我經歷了多少彆扭嗎？

不過仔細想想，會調侃我名字的人也只有痞子沼，我只好低聲說：「我覺得不錯。」

三田村立刻站起來拍手：「『生命』這個名字太棒了！這樣的話，我們團隊的口號可以用『保護生命』，或是『珍惜生命』。這是醫學的基本精神，在各方面都再合適不過了。」

佐佐木學長聽了也說：「這的確是個好名字，我也贊成。可是三田村剛才的話，應該要稍微修正一下。醫學的目的不是『保護生命』，醫學可以救人，但也可以殺人。比方說藥學也會研究毒藥，並決定致死量。換句話說，只要窮究醫學，也可以效率十足地殺人。」

我的腦中瞬間浮現黑衣貓頭鷹壞蛋——藤田教授，他正冷笑著說「喲喲，原來如此」。

痞子沼也回應佐佐木學長的話：「類似瘋狂科學家嗎？」

「沒錯，醫學就像一把菜刀，可以把魚切成生魚片，也可以殺人，但菜刀並沒有罪。同樣地，醫學也沒有罪。就如同即使殺人，凶器的菜刀也沒有罪，有罪的是使用的方式。『保護生命』這個口號，應該視為『醫療』而非『醫學』的基本。」

「醫療和醫學不一樣嗎？」美智子提出像是模範生會問的問題。

「醫學是學問，醫療則是『利用醫學來進行治療』。不是當作醫學研究，而是為了應用在醫療，這樣想才能保障『生命』的安全吧。」

「原來如此，」美智子點點頭，同時朗聲宣告，「那麼，這孩子就決定取名為『生命』。」

「贊成！」曾根崎團隊的三個男生一起拍手通過。

佐佐木學長改變話題：「接下來應該要討論一下後面的事了，我希望你們能夠輪流看守『蛋』，只有這樣還不夠，還要觀察它可能孵化的時間。野生動物在剛孵化的時候最脆弱，若孵化時沒有人在，情況會很不妙，最好是可以全天二十四小時監測，但……」

「明白了，我可以一直陪著他。」美智子斬釘截鐵地說。

「不，這太不切實際了。」我提出反對意見。

美智子鼓起腮幫子，露出生氣的表情。可能是想安撫美智子，痞子沼出面救場：「用上爺爺的發明吧！有個監視機器人叫『滾滾眼鏡君二號機』，鏡頭裝在一顆球裡面，可以滾來滾去到處錄影。目前它放在我房間，我媽媽平常拿來監視我有沒有偷懶不用功，只要把它拿來這裡就行了。」

我覺得這傢伙的爺爺確實是個天才，但是對於發明物的命名品味實在有待加強。以前參觀潛水艇「深海五千號」時，現場還有許多帥氣的機器，我好奇它們叫什麼名字，結果聽到「圓圓人海洋號」、「削鑽王普契尼」，甚至是「空間壓力鍋三號」等名字時，差點雙腳發軟、虛脫倒地。

佐佐木學長當然不知道我此刻在想什麼，只是乾脆地點頭說：「要是能借用那種監視機器人就太好了，但這樣一來，你媽媽不就會收到『蛋』的影像了嗎？」

「啊，這樣確實不太妙，怎麼辦？」痞子沼慌張地說。

「既然你說的滾滾眼鏡君是二號機，應該還有一號機吧？」細心的美智子想到這個可能性。痞子沼馬上露出恍然大悟的表情：「啊，對喔！把『滾滾眼鏡君初號機』拿來用就好了嘛。」

「平沼同學到底是機靈還是傻瓜，真教人弄不懂呢。」美智子感慨地說。

我偷偷心想——不用懷疑，他就是個傻瓜吧。

「那樣的話，如果能把影像傳到我住的地方就太好了。」

美智子聞言，起勁地問：「佐佐木學長住在哪裡？」

佐佐木學長沉默了片刻，接著抬起頭來，看著我說：「我住在櫻宮海角的『光塔』——『未來醫學探索中心』。」

在我的腦中，從景觀餐廳「滿天」窗戶望出去看到的玻璃城堡，好像突然閃亮了一下。

接下來我們決定了幾個基本規則，包括：一有變化就用LINE連絡；佐佐木學長早晚會查看影像一次；如果「蛋」出現重大變化，尤其是孵化時，大家就緊急集合。佐佐木學長一定會趕來，我們國中生不要勉強。

「最重要的問題是『生命』的食物，幸好基地的冰箱很大，可以暫時保存所需的食物。目前還不知道它可以吃什麼，只能先挑選各種食物，分別少量準備一些。接下來，就看孵化當時你們能不能在場，這得看運氣了。」佐佐木學長做了總結。

「我們下星期要去畢業旅行三天，那段期間沒辦法。」美智子說。

「我知道了，那三天我會守在基地。」

「佐佐木學長點出了許多我們完全沒想到的事，幫助太大了。為了表達感謝，我提議從現在開始，把『三田村・曾根崎團隊』改名為『佐佐木團隊』。」

三田村站起來說，痞子沼和美智子都拍手說贊成。

我的心情有點複雜，團隊領袖是我，就算要提議，應該也是由我來開口才對。結果佐佐木學長搖搖頭說：「你們的好意我心領了，但我不想和國中生成群結黨。」

這句話聽起來就跟佐佐木學長的右眼寒光一樣冰冷，我們幾人頓時陷入沉默。佐佐木學長像是要驅散尷尬的氣氛，主動解釋：「抱歉，我不是在拒絕你們，只是我不想和任何人結夥。我一直以來都是獨來獨往，不打算改變作風。」

在這句話的背後，我看見了深邃的黑暗，以及蕭瑟的孤獨身影。我第一次發現，原來我對佐佐木學長的私生活一無所知。

「下次我可以去你家玩嗎？」我怯怯地問。

佐佐木學長反射性地回絕：「不行！」

接著他一臉為難地低下頭說：「或許哪天可以招待你來，但不是現在。」

他拒人千里的話，再度讓氣氛陷入一片陰沉。我想要設法讓場子明亮起來，只好接著說：「不然，改叫『曾根崎&救援手佐佐木團隊』如何？」

「聽起來不錯，可是什麼是『救援手佐佐木』？」美智子納悶地問。

「教室的醫生都這樣叫佐佐木學長，但我也不知道是為什麼呢？」

我心想，既然赤木醫生是因為《自然》風波而叫我「曾自然」，替佐佐木學長取的這個綽號，八成也不會是稱讚。既然說到這兒，不妨就順便問一下本人吧。只見佐佐木學長一臉困窘，過一會兒，他還是低聲說：

「赤木醫生是橫濱人，他叫我救援手佐佐木，是來自故鄉職棒隊裡的『終結者』[1]——佐佐木主浩。他很迷古典落語，喜歡冷笑話，一開始他還叫我『大魔神

1. 譯註：救援手（stopper）、終結者（closer）都是棒球賽事中，在領先球隊負責守住最後一局的投手。

佐佐木』，我實在沒辦法接受，請他不要這樣叫。」

聽到佐佐木學長的說明，我們都笑翻了。大夥為了無聊的笑話捧腹大笑，一方面也是想要用笑聲沖淡不小心觸碰到佐佐木學長陰暗面的尷尬。

曾根崎團隊加上佐佐木學長，我們五人在傍晚再次進入洞穴。目不斜視地走到「蛋」所在的廣場之後，佐佐木學長打開數位相機開關。接著，我們四個國中生手牽著手圍住「蛋」，四人同時抱上去，可是「蛋」依舊沒有發光。

「莫非定律」真是人生的真理，準備萬全時，就什麼事都不會發生。但我還沒有真正讀過《莫非定律》，其實也不曉得是不是真的有這樣的格言。

後來我們就解散回家了。

隔天，我收到痞子沼語氣莫名得意的ＬＩＮＥ訊息，說他已經得到「滾滾眼鏡君初號機」的使用許可，並且安裝好了。

第5章

4月19日(三)

相遇是偶然，

命運卻是必然。

四月中旬，櫻宮中學三年級學生全體出發前往東京，進行三天兩夜的畢業旅行。

三年前爆發新冠肺炎後，大流行持續了兩年，各所學校都主動取消畢業旅行。幸運的是，今年開始又重新舉辦了。

我們搭乘學校包的新幹線車廂出發，包下新幹線真是大手筆，但田中老師直白地解釋說「其實這樣比較便宜」。

櫻宮中學三年級總共兩百名學生，早上八點在櫻宮車站出發，不到中午就抵達淺草了。過夜的旅館在淺草，但我們不會去參觀東京晴空塔，好像是因為門票非常昂貴。

參觀過淺草寺後，包下「淺草花屋敷遊樂園」[2]，我們盡情搭乘遊樂設施，真是一場讓人搞不懂究竟算奢華還是窮酸的旅行。美智子全程尖叫地乘坐了感覺隨時會脫軌的老舊雲霄飛車；痞子沼嘴上埋怨鬼屋「一點都不可怕」，卻連續去了五次。甚至還跟一起進去的同學暴雷，提醒哪些地方會出現嚇人裝置，結果被扮鬼的工作人員責罵。

用完晚餐後，可以在房間自由活動，規定九點就寢。但我們不可能這麼早就睡覺，大家玩起畢業旅行不可缺少的丟枕頭遊戲。分明不久之前，政府還在呼籲要避免密閉空間、人群密集、密切接觸，但是在畢業旅行的夜晚，根本沒有人記得這些規定。就連旅館女員工一邊鋪被子，一邊還瞄著我們說「國中生就喜歡玩丟枕頭嘛」，讓我們覺得若不回應她的期待，就太過意不去了。

而且不出意料，丟枕頭遊戲在老師巡房時，毫無懸念地宣告結束。違反規定，明明應該要很驚險刺激，但怎麼有種一切都在意料中的和諧感呢……？

2. 譯註：淺草花屋敷開園於一八五三年，是日本最古老的遊樂園，園內有日本現存最古老的雲霄飛車。

畢業旅行第二天是個大晴天，用完早餐後，田中老師召集各組組長，自由行動的G組組長是美智子。美智子回來後，發下預定表給組員，我不經意地一瞥，吃了一驚。

「喂，美智子，妳要跟我一起去？」

「這太說不過去了，我們G組竟然容許曾根崎一個人隱密自由行動？而且這件事不是應該要向老師保密才對嗎？」三田村也抗議說。

「我本來也覺得低調保密比較好，但是讓薰一個人四處亂跑，還是很擔心，所以找老師討論了一下，她同意我們下午可以兵分兩路。我說我會盯好薰，老師便立刻同意了。說起來，這樣的變更很合理啊，上午四個人一起參觀國立科學博物館，下午三田村同學和平沼同學在上野吃過午飯，去參觀帝華大學醫學院；我和薰去他要去的地方。這樣的話，薰就可以寫上午的報告，下午的報告由三田村同學負責，平沼同學也沒意見吧？」

「呃，是啦，我是無所謂。」痞子沼表現得很配合。

但三田村意見不少：「我有問題，進藤同學對曾根崎要去的地方也有興趣嗎？」

「當然啦，生小孩好像很辛苦，所以我想參觀一下相關機構。而且跟薰一起去，中午就可以去原宿吃『伊莉莎白』的可麗餅了。」

唉！本來想自己完成的事，結果多了一個能幹的美智子當跟屁蟲實在很煩，而且還被三田村投以嫉妒的眼神……

「既然田中老師都同意了，沒辦法。我們哥兒倆自己去參觀帝華大學吧，三田村博士。」痞子沼粗魯地搭住三田村的肩膀，三田村滿臉困惑地點點頭。

「我們立刻出發吧！國立科學博物館人很多，得快點進場。」美智子說。

上野公園就像魔界，這裡有讓痞子沼痴迷的國立科學博物館，也有讓美智子陶醉的國立西洋美術館。而且對歷史宅的我來說，東京國立博物館也是我嚮往的聖地。

我們走馬看花地參觀了科學博物館，因為展示品太多，若不匆匆看過，報告會寫不完。成群爪哇猿人旁邊，三角龍正在和暴龍對決，同時又陳列著五彩繽紛的礦物標本，最後是痞子沼最為自豪的深海區。

看到傻瓜海鞘，痞子沼顯得無比驕傲。因為發現櫻宮灣特有新物種的人，就是他的爺爺，難怪他一直對此感到神氣。我用手機拍下說明牌，銀色的牌子上寫著「發現者：平沼豪介（平沼製作所）」，不愧是登上《厲害達爾文》節目的大明星。

我在櫻宮的深海館看過活生生的傻瓜海鞘，忍不住小聲對痞子沼說：

「如果要看傻瓜海鞘，櫻宮水族館完全贏過這裡呢。」

「廢話，那裡是爺爺親自監造的。」

我是水族館迷，但是對魚類標本沒興趣。順帶一提，我也不喜歡魚乾類。讓我失望的另一個理由是，這裡沒有展示水母。這裡只有魚的標本，而水母無法做成標本，這也是沒辦法的事。

展品數量龐大，我們連一半都還沒逛完，就已經快中午了。美智子果斷地說：「從現在開始，自由行動G組分成第一隊和第二隊。第一隊請三田村擔任隊長，第二隊的隊長是我。」

「了解，老大。」三田村敬禮說。

「不用多禮，你跟我一樣都是隊長。要是平沼隊員想要偷買零食，你要制止他，如果他不聽話，你回去就跟田中老師告狀。」

旁邊的痞子沼聽了這話，氣憤地說：「可惡的進藤，在那裡多嘴……」

撇下鬥嘴的他們，以及還沒看過癮的展品，我跟著美智子，依依不捨地離開了科學博物館。

原宿不愧是國中生的聖地，到處擠滿了年紀相仿的學生，美智子的眼睛也閃閃發亮。「我們要在一點離開原宿，但可麗餅店大排長龍，我們改吃漢堡吧。」

「晚一點離開也沒關係啊。」我有點意外，美智子不是很想吃可麗餅嗎？

「不行，你要去的地方，或許只有今天可以去。」

我和美智子並肩走在一起，經過一座小廣場，人群中傳出小提琴的弦音。

「哇，拉得真好，我可以聽一下嗎？」美智子說完，也不等我回應，便從人群之間走進去，我只好緊跟在她後面。

穿過一半的人牆後，終於看到了演奏者。拉琴的是一名少女，她銀色的短髮反射著陽光，燦爛耀眼。少女全身裹著一條五顏六色的斗篷，底下露出纖細的腳。

「她穿著中南美原住民的斗篷，是在扮演吉普賽姑娘嗎？可是她演奏的是阿根廷探戈曲，大概是皮亞佐拉的曲子。」美智子小聲說。

悲愴的旋律，讓人聽了心痛不已。旁邊圍觀的一群女生交頭接耳：「居然能看到『寧芙』的街頭演奏，今天真是太幸運了！」

美智子小聲對我說：「『寧芙』是希臘神話裡的美少女妖精。」

我重新打量少女，她有著一雙大眼，睫毛修長，鼻梁高挺，嘴唇細薄。每當身體隨著演奏擺動，摻了亮粉的口紅和眼影便閃閃發亮。

「寧芙」沒有看向任何人，只是專注於演奏。她輕快地踏起步子，五彩繽紛的民族服裝衣襬隨之搖曳，左右搖頭，銀色的髮絲便灑出光芒。

這時，「寧芙」看了我一眼——我覺得她看了我。可能是我自作多情，但接下來她又和我對望了兩三次。

拉完第二首曲子時，琴弦畫出弧線，最後安頓在「寧芙」的胸口。

「寧！寧！」群眾高呼安可，銀髮的「寧芙」舉起雙手回應。她再次架好琴弦，一口氣開始演奏，我知道這首名曲！是《流浪者之歌》。

優美的旋律讓眾人如痴如醉，搖頭晃腦。

咦？好奇怪！我覺得有點不太對勁。目不轉睛看著「寧芙」演奏的我，總算察覺了異狀。但環顧周圍的人，好像沒有半個人發現這件事。這是怎麼回事？為什麼聽演奏的人都沒發現？

這時，背後傳來怒吼：「你們在做什麼！這裡未經許可禁止進行街頭表演！演奏者過來這裡！」

「寧芙」低喊一聲「不妙」，立刻背起小提琴蹲下身子，朝我直衝而來。她一把揪住我的手，在我耳邊說著「跟我來」，然後開始奔跑。我們前方就像摩西分紅海一樣，人牆在瞬間自動讓出一條路來。

「站住！」警衛在背後大喊，美智子的呼喊聲重疊上來：「薰，你要去哪裡？」我被「寧芙」拉著跑，奔竄穿越過人群。

跑到附近公園樹下時，「寧芙」終於放開了我的手。她脫下五顏六色的斗篷，一把扯下銀髮，假髮底下冒出一頭亞麻色的長髮。搶眼奪目的表演家消失，眼前是一名穿制服的女生。她把小提琴和脫下的斗篷收進藏在樹下的黑色盒子，兒童用小提琴則剛好可以收進小包包裡面。

「喏，走吧。」說完，這位從「寧芙」變回普通人的女生拉著我，冷靜地朝跑來的方向折返回去。迎面遇到追人的警衛經過她旁邊，還在東張西望地說：「等一下！人跑去哪了？」完全沒認出她來。

「我沒想到能在這種地方遇到大名人。」她的聲音低沉富磁性，措詞很成熟，我猜想她可能比我大。

「妳說的大名人是我嗎？我只是個國中生而已。」連我自己都覺得這樣說很怪，但我也想不到其他說法了。

「寧芙」聽後抿脣一笑：「才不是，你是寫出假論文出盡洋相的櫻宮超級明星，超級無敵國中醫學生曾根崎薰，對吧？」

我就像是被人猛地一把揪住心臟，心窩一陣絞痛。

「丟人現眼成那樣，還有臉在街上走啊？喏，你的保母來啦。」說完，「寧芙」撩起亞麻色的頭髮就要離開，我忍不住抓住她的肩膀。

纖細的身體驀地一顫，「不要碰我。」她粗魯地拂開我的手，樸素的女生消失在人群裡。

美智子氣喘吁吁地跑過來：「那個女生是誰？你認識她嗎？」

「不認識，可是她認識我……」

「搞什麼啊？公園的管理員也很生氣，說她是未經許可演奏的慣犯。聽說街頭藝人需要先申請許可，才能進行表演。欸，薰，那個女生跟你說了什麼嗎？你的臉色好差。」乘上地鐵後，美智子還在滔滔不絕地說著。

我摸摸額頭，手心沾滿了汗水——「丟人現眼成那樣，還有臉在街上走啊？」剛才的這句話不斷重回心頭，感覺傷口彷彿噴出血來。相遇是偶然，命運卻是必然。如果真是如此，這樣的命運意味著什麼呢？

我試著轉移話題，轉身問美智子：「你覺得剛才的演奏怎麼樣？」

美智子沉思起來，她似乎在努力不讓個人的反感影響了藝術評價。

「《流浪者之歌》是一首很難的曲子，她卻能駕輕就熟，絕對不是一般人。而且她用的是兒童小提琴，琴藝高明得令人嫉妒，節奏感也很驚人。」

「欸，沒有弓也能拉小提琴嗎？」

這個無厘頭的問題，讓美智子非常傻眼：「薰，你是傻瓜嗎？小提琴的音高，是靠左手按壓琴身到琴頸間的四根弦，E、A、D、G弦來決定的。巴哈的《G弦上的詠嘆調》之所以是這個曲名，正是因為它只用G弦演奏。小提琴是用馬尾毛製作的弓來摩擦弦，發出聲音，所以沒有弓當然不可能拉琴。其實以前我學過一點小提琴，光是要拉出聲音就很困難了。」

我被反駁得一句話都說不出來，可是，該怎麼解釋才好？演奏最後一曲時——「寧芙」手上並沒有拿弓。

∴

從原宿搭地鐵，約二十分鐘就抵達目的地笹月站了。這裡雖然屬於東京二十三區，但只要再過一站，就進入神奈川縣了，算是畢業旅行自由行動範圍的邊界。我們搭電梯到地上層，站前圓環有一輛計程車在等著載客，對面有一家三層樓的大型超市。

離開車站徒步十分鐘，開始看見有市民球場的公園，旁邊有一棟布滿爬牆虎的建築物。

入口的金屬招牌寫著「聖馬利亞診所」，我終於來到這裡了。嚥下口水，看我杵在原地不動，美智子小聲說：「薰，你還好嗎？」

一輛救護車鳴著警笛駛入建築物，我們也進入診所，一名白袍男子鎮定地指示：「破水了，送進分娩室。」急救隊員用推車載著病患，和護士一起消失在裡面。留下的白袍男子看到我們，問道：「你們是家屬嗎？」

這時，站在門後的女醫師說：「他們應該是畢業旅行自由行動的學生。我來招呼就可以了。」

「理惠，那就交給妳了，孕婦我會努力讓她自然分娩。」

「好，如果可能要剖腹再叫我，我隨時可以過去。」

白袍男子消失後，留下一頭長髮的白袍女醫師。

「你們是三田村同學和進藤同學吧？歡迎來到聖馬利亞診所，我是副院長山咲理惠。」

三田村，原諒我擅自冒用你的名字——我在內心道歉。然後，開始目不轉睛地觀察眼前的女醫師，我之所以來到這裡，就是為了見這位女士。

「剛才那位是院長嗎？」美智子問道。

「是的，他是前任院長——三枝茉莉亞醫生的兒子，也是我在帝華大學求學時的學長。他長年在北海道的極北市民醫院工作，最近剛回來東京。對了！你們信中表示想要了解『東京的婦產科醫療』這個主題，只是國中生，怎麼會選這麼專門的題目呢？」

「身為女生，我想要了解我們國家婦產科醫療的真實狀況。」美智子機靈地回答。這一刻，我深切慶幸有美智子陪我一起來，要是只有我一個人，肯定會語無倫次吧。

但我也不想服輸，隨口說出一些在醫學院聽到的皮毛知識：「沒錯，櫻宮的東城大學也陷入經營困難，急診中心都倒了。」

理惠醫生忽然轉開視線，望向院長離開的那道門。「看起來應該沒問題，我們過去住家那裡聊吧，我可以招待茶點。」

我們離開診所，穿過中庭時，看到一間玻璃牆溫室。「哇！好多亞熱帶植物。」身為《厲害達爾文》鐵粉的我，一眼就能認出來。

「這裡的植物，是以前從地球另一頭的國家運來的。現在這樣做的話，應該會觸犯《華盛頓公約》[3]吧。」

招呼我們在會客室坐下之後，理惠醫生又端來了點心和紅茶，看起來很好吃，但此刻的我百感交集，根本吃不下東西。

訪談就像是美智子的個人秀，她準備了一大堆尖銳的問題，理惠醫生都能流利地回答，結果問題一下子就見底了。理惠醫生微笑地問：「還有什麼其他問題嗎？」美智子搖搖頭。

我還有問題！而且是最想問的問題，然而實際面對本人，卻怎麼也說不出口。美智子似乎也體察了我的心情，怯怯地開口：「我問完了，曾……三田村，你呢？」

我輕輕點頭又搖頭，理惠醫生直盯著我看：「現在的國中生真厲害。我也有一個讀國中的女兒，個性浮浮躁躁的，一點都定不下來，真希望她也能效法一下你們。對了，我覺得三田村同學的聲音好像在哪裡聽過？有種很懷念的感覺。」

「真巧，我也覺得不是第一次見到醫生。」我驚慌失措地說。

我們正準備起身離開會客室時，玄關的門鈴「噹啷」響了起來。

「說曹操曹操就到，我女兒回來了。忍，過來這裡。」

「來了！」隨著應聲，會客室門開了，一個穿制服的嬌小女生站在那裡。

看到那張臉，我嚇到心臟都快停了。不過對方一定比我更驚嚇，我和少女兩相對望，僵住不動。

旁邊的美智子一臉訝異地看著這樣的我和少女。「你那是什麼表情，薰——

3. 編註：原名是《瀕臨絕種野生動植物國際貿易公約》（CITES），常簡稱為《華盛頓公約》，一九六三年，由國際自然保護聯盟（IUCN）的會員國通過決議，而起草的一份國際公約，旨在避免國際貿易對瀕危野生動植物的生存造成威脅。

「啊，不是，三田村？」

我想起美智子稍早在公園時，並沒有看過變身後的她，慌忙掩飾：「幸會，我叫三田村，就讀櫻宮中學三年級，今天是趁畢業旅行自由行動，來參觀聖馬利亞診所。」

聽見我刻意到自己都聽不下去的客套口氣，少女細眉一挑：「三田村？」

「呃，對，我叫三田村。我想要考上帝華大學醫學院，正在努力用功……」

「啊，那麼你或許會成為我的學弟呢，櫻宮的東城大學是我的母校，我畢業後才進入帝華大學的婦產科教室。」聽到熟悉的地方，理惠醫生有點開心。

少女順勢說：「媽媽，我想跟他們聊一聊，我可以帶他們去我的房間嗎？」

「妳居然會讓別人進妳房間，真難得。只要他們願意，當然可以。」

我猶豫了一下，點了點頭。這叫一不做，二不休。旁邊的美智子依然一臉詫異，小聲說「再不走會來不及的」。

「不會占用多少時間的。」穿制服的樸素女孩以成熟口吻說。

二樓有兩道門相對，我和美智子被帶進其中一邊的門。樸素少女一關上門，立刻卸去乖寶寶模樣：「曾根崎薰同學，你到底是想怎樣？」

咦？美智子瞠目結舌地交互看著我和少女。少女咧嘴一笑，從包包裡取出銀色假髮戴上去，美智子忍不住大叫：「妳是剛才的……！」

「噓！小聲點。」少女邊說邊伸手捂住美智子的嘴巴，美智子用力撥開她的手：「這是怎麼回事？妳怎麼會知道薰的本名？」

「來別人家，先回答人家的問題才叫禮貌吧？」

「好吧，妳要問什麼？」

「為什麼曾根崎同學要用假名？」

這事說來話長……我無從說明，不知所措。沒想到旁邊的美智子只用一句話就簡單回答：「當然是不想讓理惠醫生知道他是誰啊，離婚後連一次都沒見過的小孩突然跑來，一定會把她嚇一大跳吧。」

「原來你是在替媽媽著想喔？我還以為你只是為了你自己才想要隱瞞的。」

聽到盛氣凌人的女生這樣說，我卻無法反駁，絕對——應該不是這樣。

「我才不管妳接不接受，總之我回答問題了，接下來換我問。妳在原宿街頭表演的事，妳媽媽知道嗎？」

「怎麼可能知道？這完全違反我們國高中一貫女校的校規，被抓到肯定會直接被退學。好了，接下來換我問。」

這時，響起敲門聲，忍摘下假髮，把門打開一條縫，門外是理惠醫生的笑容：「我得去協助剖腹，等下不能送你們了，先來跟你們道別一下。謝謝你們今天過來，也多多教導一下我們家的忍。忍啊！等下補習班上課不要遲到囉。」

門關上之後，下樓梯的輕快腳步聲逐漸遠離。忍在椅子一屁股坐下來，把玩著假髮說：「總覺得沒勁，算了。」

既然她沒話說，我倒有很多想問的：「換妳回答我的問題，妳是什麼時候知道我的事情？」

「去年夏天，我聽說我有個雙胞胎哥哥，住在櫻宮的外婆家。剛好看到哥哥上電視，真是有夠失望的，怎麼還有臉活著？可是就算是蟑螂，也有活下去的權利。但今天在人群裡突然看到你，我差點氣瘋了，害我的演奏變得亂七八糟，真是個掃把星！」

咦？外婆？我整個人瞬間呆掉。旁邊的美智子用手肘撞我的側腹，示意我反駁，但我震驚到什麼話都說不出來。

「三枝醫生進來以後，醫院總算稍微穩定了一些，但是在那之前，媽媽每天都忙得像地獄一樣，根本沒空理我，我是遭到忽視的受害者。好了，話都說完了，你不要再來了，你們正在畢業旅行吧？不快點回去，會趕不上集合時間。」

「妳要趕著去補習，對吧？」美智子想起剛才理惠醫生的交代。

忍聽了大笑：「哈！我根本用不著補習。因為我不必念書，成績也是名列前茅。所以我都假裝去補習，但實際要去的是小孩禁止進入的大人世界，知道的話你們就快滾吧。」

忍刺耳的話讓美智子越來越惱怒，我只好安撫她：「妳先回去吧，我想再跟她談一下。」

「薰，你在說什麼啊？集合時間是八點，你會來不及的。」

「妳幫我擋一下，不好意思，我只能靠妳了。」

「哎喲，哥哥真是勇敢。可是，你有辦法跟上來嗎？」忍嘲笑說。

美智子交互看了看我和忍，嘆了一口氣：「好吧，你要盡快回來喔。」

美智子狠瞪了忍一眼，離開房間，踩出響亮的腳步聲下樓。不妙，她真的氣炸了。

留在房間的忍說：「我要出門了，你做好心理準備了嗎？哥、哥。」

第6章

4月19日（三）

夢見飄浮在太空的滿月所夢見的夢。

我們從笹月站上車，坐到第二站的北條站，站前鬧區有許多店面狹小的蔬果店和鮮魚店櫛比鱗次。出站後，步行五分鐘，「能力開發升學補習班」的招牌便映入眼簾。

「我只在這家補習班參加模擬考，因為每次都名列前茅，所以媽媽一直以為我有按時來補習。」

補習班對面是漢堡連鎖店，旁邊的建築物，店面掛著大鍋子，木頭招牌寫著「深淵」。下面寫著外國字母，但不是英文，我看不懂。忍快步走下通往建築物地下室的階梯，才走了兩三步，她突然回頭仰望我：

「要是被抓到來這種地方，不只是停學，甚至可能被退學喔？這樣的話，你還要來嗎？」

我的確嚇到了，但是被第一次見面的妹妹瞧不起，實在有損哥哥的尊嚴，於是我逞強說：「退學也不會怎樣。」

忍輕快地走下階梯，推開黑色的木門，黏稠的空氣流瀉而出。我跟著忍踏進店內，陰暗的空間播放著爵士音樂，裡面坐著兩個客人，吧檯後面是一排排的威士忌酒瓶。

一名富態的女子大馬金刀地坐在吧檯裡，如雷的嗓音劈開了混濁的空氣：「忍，妳又遲到了，如果沒那個心，我也不勉強妳演奏。」

「對不起，老闆娘，我遇到一點麻煩。」

看不出來她到底是四十左右、五十左右還是六十左右，眼前這位綁著花俏頭巾、年齡成謎的胖女人銳利地瞅了我一眼：「妳怎麼帶了個古怪的男生過來？來，我看看。」

她用肥厚的雙手夾住我的臉頰，用力往上扳：「嗯？愛耍帥的沒用小毛頭，得意忘形，吃盡了苦頭，所以灰心喪志嗎？忍，這個半吊子的傢伙，妳從哪兒撿來的啊？」

在吧檯坐下的忍，邊用吸管吸著柳橙汁邊說：「他是我哥哥。」

「哈哈，他就是妳一出生就分開的雙胞胎手足嗎？確實長得很像。」

「開什麼玩笑？才不可能，說不定我們根本不是同一個爸爸呢。」

什麼？我們明明是異卵雙胞胎，她卻說跟我不是同一個爸爸，哪有這種事？看見我混亂的樣子，忍嘆了一口氣：

「看來哥哥真的什麼都不知道呢，相較之下，媽媽開明多了。在我國二的時候，她說我已經長大，所以把狀況一五一十全都告訴我了。」

「難道我們不是兄妹嗎？」

「這部分的細節，以後有機會再告訴你吧。」

「妳叫我不准再去妳家，表示沒機會了吧？」

「我不想要你來我家，可是我想見到我真正的媽媽，所以我會去櫻宮。」

「妳在說什麼？妳不是跟媽媽住在一起嗎？」

「現在跟我住在一起的山咲理惠，確實是我生物學上的媽媽，可是生下我的媽媽另有其人。」

這傢伙在說些什麼啊？我正想繼續追問，老闆娘卻出聲打斷：「好了好了，兄妹的感動重逢大戲晚點再上演，忍，快上台了。」

忍點點頭，從包包取出化妝品，對著隨身鏡開始上眼影塗口紅。戴上銀色假髮後，面貌姣好的「寧芙」立刻現身。

她拿著小提琴，登上店內角落的小舞台。說是「舞台」，其實只是比周圍稍微高一點的簡陋台子，上面隨便擺了一支麥克風，一束小小的聚光燈打在「寧芙」身上。

我提醒老闆娘說：「她忘記拿弓了。」

「你真的什麼都不知道呢，她被稱為『無弓寧芙』。」

「無弓寧芙」——也就是無弓妖精的意思嗎？我在白天看到的景象果然是真的。

老闆娘搖頭輕嘆：「原本只對常客表演，但她似乎覺得不滿足，最近像是街頭藝人一樣四處演奏。她不明白自己有多特別，真是讓人膽戰心驚。」

我差點要向老闆娘告狀，說出她白天被警衛追逐的事，好不容易才把這股衝動按捺下來。

舞台上的忍配合背景音樂演奏著，當然沒有小提琴的琴音。然而看著她的動作，旋律突然開始在腦中流轉。我東張西望，但沒有人在拉小提琴，我茫然地盯著「無弓妖精」的演奏。

「盯著演奏」這樣的說法很怪，但沒辦法，我想不到還能怎麼形容。因為我並非聆聽她的演奏，只是看著她的舞蹈。

這時，大學生年紀的黑衣酒保向我攀談：「你有點管不住嘴巴呢，上次的風波，好像是敦幫你滅火的。」

對方突然同時說出兩三個關鍵字，讓我嚇了一大跳。「上次的風波」、「敦」還有「滅火」，這些都是只有深諳內情的人才說得出來的話。

我先針對最重要的特殊關鍵字「敦」提問：「你認識『前超級無敵高中醫學生』佐佐木嗎？」

「頭銜這麼響亮啊！看來那傢伙真是出人頭地了，小時候分明還是《超人巴克斯》的迷弟，還模仿漫畫角色，老把『是也』掛在嘴上呢。」

什麼！我不知道原來佐佐木學長以前是巴克斯迷。

「他現在還住在海角的『光塔』嗎？」

「聽說是，他說自己住在『未來醫學探索中心』，但我還沒去過啦。」

「那裡就是『光塔』，一直住在充滿夙怨的地方，一定很煎熬吧。喂，下次你見到他，替我問聲好吧。」黑衣酒保微笑道。

「當然沒問題，我會轉達他的，請問您的大名是？」

「我叫牧村瑞人。」酒保大哥哥才說完，就聽到一旁的老闆娘出聲：

「今天不休息了，直接上第二部，ＳＡＹＯ，換妳上場了。」

這時我才發現吧檯角落安靜地坐著一名長禮服打扮的女子，女子喝完藍色的長酒杯雞尾酒，站了起來。她的禮服也像海底一樣，是深邃的藍。

她挪動修長的身體站上舞台，拿起麥克風。下一秒，細緻空靈的嗓音從天而降。

♪ 傻瓜海鞘睡呀睡　在深邃的海底安睡
你也和他乖乖睡　在我的懷抱裡安睡 ♪

「我知道這首歌，是來自櫻宮的超級暢銷曲，〈傻瓜海鞘安眠曲〉對吧？」

「噓，閉上眼睛聽。」

聽了老闆娘的話，我閉上眼睛，第二段開始了。腦海浮現深海底部，金色的毬藻悠悠擺動的情景，我忍不住揉了揉眼睛。

陰暗的爵士樂酒吧內，頓時換上了海藻搖曳的光景，彷彿要被帶進深邃的海底。在無弓妖精的小提琴音色及眼前冒出的海底景色籠罩下，片刻之間，我夢見了宛如漂浮在太空的滿月會夢見的夢。

零星掌聲讓我回過神來，「無弓妖精」在我旁邊坐下來。摘下假髮，用溼紙巾抹了抹臉，兩三下就變回了樸素的好學生忍。

老闆娘說：「這就是『深淵』的現場演奏，如何？是很棒的回憶吧？」

「畢業旅行的集合時間好像是晚上八點，已經來不及了，你不該跟來的。」

忍咧嘴一笑，看看時鐘，七點半了，三十分鐘不可能趕回旅館。

「忍，妳太欠考慮了，要知道，妳哥哥的麻煩也會牽連到妳呢。他沒準時回去，學校老師會連絡他去的地方，然後妳媽媽會連絡補習班，妳覺得接下來會發生什麼事？」

「怎麼辦？萬一被發現，我就完蛋了！」忍臉色蒼白。

我比忍更害怕，顫聲說：「怎麼辦才好？幫幫我！」

「……小朋友都這樣說了，怎麼辦，SAYO？」

「只好拜託4S代理店了，但是要不要接，還得看老闆的意思。」SAYO說完，望向吧檯裡戴墨鏡的牧村。

牧村「叩」一聲放下杯子抬頭：「他是敦的小弟，我會幫他。SAYO，送他回下榻的地方吧。」

「明白，跟我來吧，小忍也一起走。」

「幹麼連我都要去……」

「因為都是妳使壞，才會演變成這樣啊。」

語氣雖然平靜，但ＳＡＹＯ的話有著不容辯駁的力道。

距離酒吧有點遠的停車場，停著一輛藍色雪佛蘭。ＳＡＹＯ按下電子鎖，特別訂製車款的鷗翼車門打開來。

我邊上車邊問：「妳剛才喝了雞尾酒，可以開車嗎？」

「那是無酒精飲料，上台前我不喝酒的。沒時間了，我要飆車囉。」

鷗翼車門一關上，引擎聲便轟隆作響。ＳＡＹＯ踩下油門，藍色雪佛蘭就像一隻箭般射出停車場。車體擦過巷道兩邊，切換方向盤，不時緊急煞車，使得輪胎發出尖銳的叫聲。

後車座的我和忍東倒西歪，一下子忍壓在我身上，一下子換成我趴到她身上。不要碰我！妳才是不要靠過來！我身不由己！我也是！

後車座慘叫連連，握著方向盤的SAYO卻哼著歌。

「好美的月亮。」我聽見她喃喃自語。我和忍上一刻側倒，下一刻上下翻轉，看見細如絲的弦月插在擋風玻璃上。

七點五十五分，雪佛蘭停在淺草的旅館前。我和忍跌出車子，我向她們道謝，忍說：「今晚你欠我一次，下次一定要還。」

「咦，這是對4S代理店的欠款，小忍是連帶保證人。」SAYO這話讓忍沉默了。

「能看到你，瑞人也很開心。好啦，別謝了，快進去吧。」

我跑進旅館，衝進房間，美智子、痞子沼和三田村三人正屏息以待。我搖搖晃晃地走進房間，整個人倒在榻榻米上。

「美智子，真的謝謝妳了，先讓我休息一下。」

仰望天花板，這天的所見所聞浮現眼前，轉個不停。我似乎在不知不覺間，昏過去似地睡著了。

有人搖晃我的身體，我醒了過來，美智子從正上方探頭看我：

「自由時間結束了，我要回去女生的房間。接下來你跟三田村同學還有平沼同學要套好說詞、統一口徑喔。」

我坐起來，向美智子行禮：「今天妳真的幫了我很多。」

「沒事啦，明天回程搭新幹線時，你再告訴我後來發生的事情。」

∴

隔天早上，我對著坐在新幹線四人卡座的G組成員說明昨天發生的事。

「……名叫SAYO的歌手，用她特別訂製款的雪佛蘭載我回來的。」

「不敢相信！從笹月到淺草，直線距離有二十公里，但道路彎彎曲曲，實際行駛距離至少超過兩倍。只花十五分鐘的話，代表平均時速超過一百六十公里，在市區這是絕對不可能的。」

哈哈哈，我心想：「世上有些事情是超乎人類想像的，痞子沼同學。」

新幹線載著聽我吹牛（其他三人都這麼認為，正確地說，兩個男生完全當我是吹牛，一個女生覺得有一半是吹牛）的朋友們，一路駛向櫻宮。

即將抵達櫻宮站時，我們的手機鈴聲同時響了起來。

「啊，是佐佐木學長的ＬＩＮＥ緊急連絡。」

「蛋」即將孵化。我們面面相覷。

這時，響起悠哉的車廂內廣播：「各位櫻宮中學三年級的同學，列車即將抵達終點站——櫻宮。」

畢業旅行團在櫻宮車站前解散後，我們立刻衝出驗票閘門，直奔圓環。可是我們沒能來得及，公車在眼前開走了。

「坐計程車吧！」美智子搖晃著馬尾說。

「可是校規禁止學生搭計程車。」三田村提心吊膽地說。

「校規禁止的是坐計程車上下學，現在又不是上下學。」模範生美智子斬釘截鐵地說。

於是我們搭上計程車，司機慢吞吞地往前進。事後回想，計程車速度很正常，只是因為前晚我剛經歷了飆車狂駕駛的飛車，才會覺得慢吞吞吧。

車子開過海岸線的衝浪高速公路，只花了十五分鐘就到平沼製作所。我們背著背包，火速通過後山小徑，佐佐木學長已經在祕密基地等我們。

「中午過後，『蛋』亮了一下，但是接下來兩小時都沒有動靜。孵化有時候很花時間，說不定會花上好幾天，你們先休息一下吧。」

我們聽從佐佐木學長的指示，在祕密基地卸下行李，疲累感頓時襲來。

「你們在東京的期間，我也在準備後面需要的食物，你們先吃一點吧。」

我們用最短的時間吃了零食，補充水分，然後同時站起來。跟著佐佐木學長進入洞穴深處。覺得腳下的水流增加了、黃色繩索沾滿了泥巴。應該沒有人碰過，怎麼會髒成這樣？

我們很快抵達目的地，只見洞穴深處朦朧發亮。大家都屏住了呼吸，是「蛋」在發亮。時強時弱，就像心跳一樣，緩慢地不斷明滅，周圍的光蘚也與之呼應。

佐佐木學長拍了一下三田村的肩膀：「向平沼爺爺借來的觀察鏡頭連上錄影機了，你應該很快就能寫出論文吧。」

「要投稿《自然》對吧？」三田村壓低聲音問道。

「如果你們有這個意願的話，當然，我也會幫忙你們寫論文。」

「當成佐佐木學長的論文就好了，我們不會寫論文，只要能列上名字就很開心了。」三田村一反常態地謙遜客氣。

反而是佐佐木學長堅定地說：「論文第一作者是薰，第二作者是三田村，這樣才稱得上絕地大反攻吧？」

這話讓我胸口灼熱起來，為什麼佐佐木學長要對我這麼好？正當我這麼想時，腦中浮現「深淵」的現場表演景象，同時想起了牧村先生的交代。

——下次你見到他，替我問聲好吧。

「其實，我在東京有遇到佐佐木學長的朋友，他說……」

話才說到一半，「蛋」的光變得更強烈，接著轉為綠、紅、黃、藍，開始明滅。我們都屏住了呼吸，很快地「蛋」再次恢復白光，裡面隱約透出影子。可以看見殼裡有一個頭朝下蜷起身體的胎兒，還看得到心臟的跳動。

「快生出來了嗎？」美智子小聲問。

佐佐木學長搖搖頭：「不曉得接下來要花多久，我會通宵守在這裡，你們先回家吧。」

「我們也要在這裡，明天是畢業旅行補假。」

「不行，你們回家。」

「不要。」「我才不要。」「才不要。」「嚴正拒絕。」

我們四人同時表達「不」，佐佐木學長一臉為難，交抱起手臂。

「總之你們先回家，得到家人的同意再過來。」

「大家就說在我家過夜好了，我爸爸一定會答應的。」痞子沼拍胸脯保證。

佐佐木學長也點點頭：「那樣的話應該可以吧，但是如果平沼的父親不答應，就不准在這裡過夜喔。」

我明白佐佐木學長已經儘量配合我們了，所以我急著想要快點回家做好準備再來。

平介叔叔了解狀況之後也說「不能平白錯過這麼寶貴的機會」，主動開車載我和三田村還有美智子三個人回家。

「我先去辦事，一個小時後再來接你們。在那之前，你們跟家人報備並做好過夜的準備。」

我們三人不停地行禮，痞子沼神氣兮兮地說：「平身。」

我一回到家，草草丟下一句「我回來了」，就開始更換背包裡的換洗衣物。

「咦，小薰，這麼晚了你要去哪裡？」

「我們自由行動G組，今天晚上要在痞子沼家過夜。」

「咦，太可惜了，今晚我煮了你最喜歡的咖哩呢。」

話才說完，我的感官立刻被香味淹沒，肚子也不知害羞地咕咕叫了起來。意志力薄弱的我只好改口說：「既然阿姨都煮了，我吃一點再走吧。」

我看著山咲阿姨替我盛裝咖哩，想起忍說過的話——我也有權利去見我真正的媽媽。

想起之前有一次，我看到丟在桌上的明信片，隱約察覺山咲阿姨就是我的外婆。因為寄件人名叫曾根崎理惠，當時我匆匆把上面的住址抄下來。

那個時候，我正經歷在東城大學遇上的天大災難，沒有餘裕詢問那張明信片的事。好不容易等到麻煩事終於解決，也失去了提問的機會。從卡片內容來看，曾根崎理惠就是我的母親，山咲阿姨是她的母親，也就是我的外婆。

我輸入明信片住址，看著網路地圖，不知不覺間，前往診所看看的念頭，就像盛夏的積雨雲一樣滾滾冒了出來。在得知畢業旅行第二天有自由行動時間之後，我立刻上網查詢。查到母親的住家就在聖馬利亞診所，她現在是醫院的婦產科醫生，叫山咲理惠，和保母山咲阿姨的姓氏一樣。

今天晚上如果跟山咲阿姨一起吃晚飯，萬一被她問東問西，我真不曉得自己會說出什麼話來。

——我想去櫻宮找媽媽。銀髮「無弓妖精」的聲音不斷在我耳邊響起。

分秒不差，一小時後門鈴響起，平介叔叔的臉出現在對講機畫面。

「啊，平沼先生，今天晚上小薰就麻煩您照顧了，請您多多關照。」

山咲阿姨面向對講機頻頻行禮，背著背包的我早穿過她旁邊跑了出去。

車子副駕駛座上，美智子已經抱著小包包坐在那裡了。

「我差點出不了門，我爸媽真是保護過度。」

「沒辦法啊，妳是女生嘛。」

「這叫性別歧視。」美智子鼓起腮幫子說。

這麼難的詞彙，這丫頭怎麼能這樣運用自如呢？她說她將來想當口譯，或許她更適合做記者或主播。

接下來，我們抵達三田村醫院，這次換三田村的母親在玄關不停地向平介叔叔行禮，為什麼大人都喜歡像這樣哈腰鞠躬個沒完呢？

三田村穿著有許多口袋的背心，搭配同樣有許多口袋的褲子，跳上車子。他看起來很像釣魚節目裡面會出現的釣客。

「三田村博士是要去夜釣嗎？」我忍不住調侃他。

三田村正經八百地說：「沒錯！我現在要去釣世紀大發現。」

眼前的三田村讓人感受到強烈的幹勁，我們在車上等了半天，平介叔叔和三田村的母親才結束落落長的寒暄。

平介叔叔開動車子：「準備出發囉！」

「噢耶！」後座的三人不約而同地應聲，像是合唱。

車子在夜色裡駛了出去，天上沒有月亮，今晚是新月，而且是大潮。在我最愛的生物節目《厲害達爾文》裡面，曾介紹過這樣的內容，海洋生物多半在新月的大潮之夜產卵或孵化。

我想起這件事，預感接下來將會天翻地覆。

晚上九點多，四名國中生加上前超級高中醫學生佐佐木，共五人聚集在祕密基地裡。

「蛋」持續幽幽發光，大家的目光一刻都不敢離開監視螢幕。

「感覺好像還在畢業旅行喔。」美智子說。

自由行動回去後，我睡得昏天暗地，算起來我只經歷了一天的畢業旅行夜晚，所以聽到美智子這話，覺得有些開心。

看著毫無變化的監視器螢幕，馬上就厭倦了。如果今天晚上沒有孵化，就得像這樣不斷地監看好幾天。萬一這種狀況持續一個星期，那該怎麼辦？

我想起《厲害達爾文》的旁白：「兩星期過去了，但水豚寶寶一直沒有離開巢穴。」

唉，我不過才一個晚上就叫苦連天，居然還想成為《厲害達爾文》的工作人員，實在太看得起自己了。我忍不住反省了一下，但一直盯著發出白光的「蛋」，不知不覺間還是打起盹來，最後不知不覺昏睡過去。

第7章

4月20日（四）

身在湍流之中，

無暇張望四周。

不小心打瞌睡的我被人搖晃肩膀，立刻醒了過來。張開眼睛，只見美智子表情有點緊張地說：「薰，快起來，『蛋』開始有變化了。」

我揉著眼睛叫醒旁邊的痞子沼，痞子沼又叫醒旁邊的三田村。另一邊的佐佐木學長兩眼專注地看著螢幕，「蛋」的光比剛才更強了。

「好，過去看看吧！」聽到佐佐木學長下了指令，曾根崎團隊的成員都緊張起來。

痞子沼打開冰箱，取出分成小份的食物遞給我們。美智子拿到的是香蕉、草莓、奇異果和芒果等水果，三田村的袋子裝的是沙丁魚、蝦子等海鮮類，我的是高麗菜、豆芽菜、紅蘿蔔等蔬菜，痞子沼那一袋應該是肉類吧。

「安全帽一定要戴好。」佐佐木學長一邊叮嚀，一邊發下黃色安全帽。

我們走出外面，天空沒有月亮，滿天星辰閃爍。夜風吹過，樹木嘩嘩作響，佐佐木學長在前面領頭前往洞穴，這是我們第一次三更半夜進去。

在一片夜色之中進入漆黑的洞穴，真的很可怕，感覺腳邊的水流增加了。幸好，來到第一捲繩索的終點時，周圍稍微亮了起來。終於，我們膽戰心驚地抵達被光蘚和夜光蟲圍繞——「蛋」的所在位置。

「蛋」的周圍明亮得宛如白晝，蛋殼變得透明，看得見裡面蜷著身體的胎兒在液體中載浮載沉。我們全都屏息等待著，很快地聽到「劈哩」一聲，「蛋」出現裂痕了。蛋殼掉了一塊，出現一個小洞，接著裂痕從破洞朝四面八方延伸，透明的液體沿著殼流了出來。

下一秒，殼整個塌陷下來，黏稠的液體潑灑一地。三田村被液體潑了滿身，嚇得「啊哇哇」尖叫，雙腿發軟。液體有點腥味，但沒有人在乎這件事，因為「生命」的身體一下子就滑落到地上了。

第一眼看到「生命」，我的印象是「好像山椒魚」，因為他從頭到腳全身都沾滿了黏滑的液體。

覆蓋岩石的光蘚承接了「生命」，呱呱啼聲響徹四下。響亮的啼聲在洞穴裡反彈了好幾次，最後變成一種尖銳的金屬聲，什麼都聽不見了。

巨大的啼哭聲再次響起時，我們再也承受不住，丟下裝食物的袋子轉身逃跑。一直跑到感受不到光的地方，才停下腳步。

「生命」的哭聲在洞穴裡反彈，佐佐木學長用拳頭敲打自己的腦袋：「可惡，我這個糊塗蟲，完全沒做好接生的準備嘛。」

然後他露出靈機一動的表情，對我說：「薰，你們回去祕密基地，繼續觀察，我去呼叫支援。」

佐佐木學長拿著手電筒跑遠，我們也依靠著手機燈光，慢慢走到出口。抵達洞穴出口時，傳來機車離去的聲音，我不知道佐佐木學長竟然也會騎機車。

回到祕密基地，被噴出來的液體淋得溼答答的身體讓人難受。我忽然想到以前看的歷史劇中某個場面，描述武藝高強的武士不會接生小孩，空有本領卻派不上用場，只會驚慌失措，這時接生婆來了，斥喝：「別呆在那裡，快去燒水！」

我突然茅塞頓開，想著：「原來如此，嬰兒會沾滿這種腥臭的液體，所以要用熱水洗乾淨啊。」

「嗚哇，臭死了，我們輪流沖澡吧，我先洗。」痞子沼說完，就當場脫掉衣服，全身光溜溜地跑進淋浴間。

「喂！有女士在場，你有點禮貌好嗎！」美智子羞紅了臉。

「下一個換美智子嗎？」

「不用了，我沒弄溼，不用洗。」

三田村用食指推起黑框眼鏡說：「我也不用，我不在家裡以外的地方洗澡。」

「那麼下一個換我，由三田村和美智子負責監看螢幕。」說完，我準備站起來。這時，三田村和美智子同時驚呼：「咦？」「欸？」

美智子補了一句：「螢幕黑掉了。」

我隔著兩人的肩膀探頭看：「真的耶，是被孵化時噴出來的液體弄溼，所以壞掉了嗎？」

這時，剛好痞子沼用毛巾擦著溼髮走回來，他搖頭說：「那個鏡頭才沒有那麼容易壞掉，它可是裝在『深海一萬號』上面，用來拍攝馬里亞納海溝的機器試作品。」

「但是它變黑了，代表什麼都沒拍到？為什麼？」

「我哪知道？如果跟爺爺報告，又要挨罵了。」痞子沼口氣中帶點埋怨。

我接過毛巾，火速去沖澡。回到房間後，正想著又要穿回溼答答的衣服，真是不舒服，這時遠方傳來引擎聲。

痞子沼說：「是機車和汽車，四缸引擎，兩百匹馬力，應該是大型車豐田陸地巡洋艦。」

光聽引擎聲就能知道這麼多？我突然對痞子沼的超能力感到佩服不已。不一會兒，機車和汽車的引擎聲都停了，緊接著傳來沙沙踩過碎石的腳步聲，確實是兩個人。

門打開來，佐佐木學長後面有個女人探頭進來。「啊，是翔子阿姨。」我出聲跟她打招呼，她是橘色新館二樓，小兒科綜合治療中心的如月翔子護理長。

「呀，薰，好、久、不、見！你好嗎？」

「她是誰？」美智子小聲問，耳尖的翔子阿姨主動回答了美智子的悄聲提問：「我是東城大學醫學院附屬醫院的護理師，也是敦的監護人——如月翔子。敦跑來哭訴沒辦法掌控生產現場，所以我三更半夜千里迢迢趕來了。好了，現在我要請各位賣命工作囉！首先那位美少女，請妳燒水，越多越好。」

美智子最討厭別人不分青紅皂白命令她，卻只因為「美少女」三個字，就放下了幾乎掄起來的拳頭。想不到，這丫頭這麼容易就被人收買啊。

「三個男生跟我來，你們要搬後車廂的被單，分量很多喔！敦拿這個急救箱跟來。」翔子阿姨說完，隨手把一只黑色皮包遞給佐佐木學長。

「敦，嬰兒的生命徵象測量了嗎？咦？忘記了？居然忘記做阿普伽新生兒評分，你在搞什麼啊？以前的超級高中醫學生到哪兒去了，變笨了嗎？」

「不要那樣叫我。」佐佐木學長壓低了聲音說。

「那就好好幹活，『沉睡者』的管理負責人居然會忘記測量基本生命徵象，簡直是難以置信。」

佐佐木學長完全無法反駁，旁邊的三個國中男生被塞了兩手幾乎抱不動的大量被單。

「你們先過去，敦替嬰兒測量生命徵象，做阿普伽新生兒評分。空有知識是不行的，要有執行力。」

被前輩教訓的佐佐木學長咬住下脣，低著頭對我們說：「出發了。」

不知不覺間，方才在洞穴裡迴響的「生命」哭聲消失了。

「生命」睡在光蘚上面，張嘴含著拇指的模樣，和一般嬰兒沒有兩樣。可是他的身高和我差不多，沒見過這麼巨大的嬰兒，而且是從「蛋」裡生出來的，果然還是不尋常吧。

我們開始堆積白被單，佐佐木學長趁這時為「生命」做檢查。

「三田村，幫我記錄下來。皮膚粉紅色，二分。心跳八十二，一分。反應，捏皮膚會皺眉，一分。活動，四肢活潑划動，二分。呼吸，深沉，兩分。」

「總共八分，在正常範圍內。」不愧是三田村，叫他記錄阿普伽新生兒評分，立刻就能應變，太了不起了。

一想到如果是他被選為國中醫學生，而不是我，應該一切都能圓滿收場，就覺得真是造化弄人，這時翔子阿姨和美智子也雙手提著儲水桶過來了。

「那個地方真棒，應有盡有。來，把背上的大盆子解下來。」

「阿普伽評分是八分，正常範圍內。」佐佐木學長報告說，翔子阿姨從儲水桶將熱水倒進大盆子裡，美智子加入冷水，蒸氣消失了。

「溫度剛好，來吧，乖寶寶，來幫你洗乾淨喔。」

翔子阿姨撕開被單，泡進熱水扭乾，開始替「生命」擦拭身體。「生命」似乎很舒服，發出「吧噗」的聲音。翔子阿姨俐落地用被單裹住「生命」的身體，用三條被單包好後，拍了兩下手。

「暫時這樣就行了。」她說完後，就把奶瓶拿到「生命」的嘴邊。結果「生命」一口咬住奶嘴，開始用力吸吮。

「會喝白開水，可以放心了。看這樣子，喝奶粉也沒問題呢。」

「請問，這孩子是男生還是女生？」

美智子一問，我們全都看向「生命」的「那裡」。「那裡」一片平滑。翔子乾脆地說：「好像都不是，這孩子沒有小雞雞也沒有小洞洞，而且連肛門也沒有，說不定根本不會便便，不需要換尿布，真是太好了。」

「會不會是天生畸形呢？」三田村提出問題。

「也有這個可能，不過先觀察看看吧。而且他是從『蛋』裡生出來的，也沒有肚臍。雖然相似，但不是人類，不管有什麼特性我都不會驚訝。」

翔子阿姨一副無所謂的樣子，我覺得只要跟著她，天塌下來都不怕。

我們回到祕密基地，翔子阿姨大口喝光運動飲料，「噗」地吐出一口氣，問佐佐木學長：「對了，敦，接下來你打算怎麼做？」

「他們說想要在這裡照顧嬰兒。」

「但這個計畫不是由你主持的嗎？」

「不，我只是顧問……」

「不管是顧問還是什麼，我是問，連你都認真覺得這計畫可行嗎？」

「當然是覺得滿困難的啊。」

「滿困難的？大錯特錯！以這裡為據點照顧那孩子，是不可能的事，不、可、能！」

「那妳說要怎麼辦？」

「稍微想想就知道了吧？只能交給橘色新館照顧了。」

「可以這樣嗎？」

「既然沒有其他辦法，也只好讓橘色新館來處理了啊。」

「我們不信任東城大學醫學院。」美智子決絕地說。

翔子阿姨聳了聳肩：「我明白你們的感受，既然這樣，你們現在立刻模擬安排一星期的照顧行程，我來聽看看是否可行。」

我們彼此對望，沉默了一下，我只好做為代表發言：「呃，先依照之前的觀察輪班方式，繼續一段時間。」

「你說的觀察輪班方式是什麼？實際做法如何？」

「星期一是痞子沼，星期二是我，星期三是痞子沼，星期四是三田村和美智子，星期五是痞子沼，星期六是我，星期日保護隊全部參加，是這樣分配的。學校一放學就立刻過來，一直照顧到回家吃晚飯。」

「你們打算一天只照顧他兩小時？那孩子會餓死的。」

「必須一整天看著他嗎？」美智子問。

翔子阿姨點點頭：「當然了，嬰兒剛出生的時候，每兩小時就要餵一次奶。嬰兒的胃很小，所以動不動就會吐奶。而且因為身體小，一點小問題就可能造成全身性的傷害。所以，新生兒區的護理師都是一天二十四小時待命，可是你們沒辦法做到，那只能把他送去橘色新館了。」

「我無法接受『生命』被當成實驗品。」美智子說。

「他叫『生命』嗎？真是好名字，我也討厭沒有意義的實驗。醫療應該優先於研究，而且第一線也有醫生秉持這樣的想法，不必擔心。」

美智子瞄了我一眼。她的眼神在問：「這個人的話真的可信嗎？」

我點點頭，美智子見狀說：「好吧，『生命』就交給妳們了。」

翔子阿姨拍了拍美智子的肩膀：「妳這個女孩子真是太可愛了，我是東城大學醫學院附屬醫院美少年搜尋網的會長，是不是應該也來設立一個美少女愛好會呢？」

「翔子阿姨。」佐佐木學長語氣嚴厲地警告，翔子阿姨吐了吐舌頭。

「開玩笑的啦，我的任務是『保護生命』，照顧急救病患和生病的小孩是我的首要之務。所以敦一來求救，我就立刻衝過來了，這是我的使命。不過這等於是要請病房護理師違規協助照顧，所以也必須向她們說明狀況，否則不可能好好照顧這孩子，請你們諒解。」

一開始，我們打算靠我們四個人來養育「生命」，但感覺事情越鬧越大，會有許多人被牽扯進來，我不禁擔心這樣守得住祕密嗎？

畢竟這可是《自然》級的大發現，萬一消息走漏，被壞蛋藤田教授發現「生命」的誕生，後果將不堪設想。

但是只靠我們自己，的確沒辦法保護「生命」。既然如此，現在也只能相信翔子阿姨了。

「我們曾根崎團隊的成員，正式委託橘色新館照顧『生命』。」

我深深一鞠躬，其他三人也齊聲說：「拜託了。」

翔子阿姨用力拍了一下胸脯，說：「包在我身上！」

時鐘指針走過深夜零時了，幸好明天是畢業旅行補假，不用上學。

「明天我會請有薪假，得在橘色新館準備安置這孩子的空間，也得開個會，組織照顧這孩子的團隊。」

「橘色新館有可以安置他的房間嗎？」佐佐木學長問。

「問得好，其實橘色新館三樓有個封印的房間……」

「哦，聖誕節的時候，辦天象儀觀星會的地方嗎？」

「敦知道很多機密呢，本來想讓你嚇一跳的。」

結果佐佐木學長聳了聳肩：「那也不算什麼機密吧？不過若是橘色新館那個封印的房間，確實有辦法隱密地收容他。」

「對了，全世界沒有人照顧過這孩子，所以我需要越多資訊越好，你們知道些什麼？」翔子阿姨提問。

於是佐佐木學長播放錄影給她看，這一看可不得了。

「怎麼回事！他出生的瞬間竟然沒有錄到！」

「咦？寶貴的孵化瞬間沒有錄到嗎？」三田村哀嚎。

「啊，居然捅出這種婁子！太奇怪了，明明每天都有檢查。」我也不解。

「沒有任何資料嗎？嗯，這也沒辦法，既然如此，只能見招拆招了。我問你們，這孩子會哭嗎？哭聲大不大？」翔子阿姨馬上恢復冷靜，繼續詢問。

「會，『呱』得非常淒厲。」美智子說。

「不是『呱』，是『呀』吧？」我說。

「不對，是『咕』。」三田村說。

「你們耳朵是被耳屎堵住了嗎？明明是『苟』。」痞子沼說。

「絕對不是！」其他三人齊聲反駁痞子沼。

翔子阿姨看著曾根崎團隊起內鬨，搖頭苦笑說：「不管聲音是哪種，如果他哭得很大聲，就必須做好隔音措施呢。我先走了，兩小時後記得餵這孩子喝開水，可以試著加一點奶粉，水溫三十度，不能太高也不能太低。剛才量過他的體溫是三十七度，和人類嬰兒一樣，所以開水和奶粉差不多三十度就行了。」

翔子阿姨飛快地下達完指示之後，就離開了祕密基地。像是颱風過境般，只留下晴朗卻虛脫的氛圍。

兩小時後，凌晨兩點半，我們一起進入洞穴。前超級高中醫學生佐佐木可能是因為連續好幾天都一個人守著「蛋」，體力不支，已經呼呼大睡了。

所以我們沒有叫醒他，四個人進入洞穴。我們帶了兩個水壺，一個裝開水，另一個是泡好的奶粉。奶瓶也帶了兩個，是翔子阿姨帶來的。

「生命」蜷著身體，正睡得香甜。

「翔子阿姨有沒有說他在睡覺的話怎麼辦？要叫起來餵水或奶粉嗎？」

「不記得了，可是俗語說『不要吵醒睡著的小孩』[4]，是不是讓他繼續睡比較好？反正他要是餓了，應該就會哭吧。」

痞子沼的意見很有說服力，我們都同意了，決定先返回祕密基地。

有人搖晃我的身體，我醒了過來。窗外射入晨曦，佐佐木學長的臉就在眼

---

4. 譯註：這句日本諺語有「不要自找麻煩」之意。

前：「喂，起來，他在哭了。」

我豎耳聆聽，確實隱約傳來哭聲，雖然很難說是「呱」還是「呀」，但至少絕對不是「苟」。

我叫醒一旁的美智子、三田村還有痞子沼，火速離開小屋前往洞穴。初升的朝陽很刺眼，洞穴那裡傳來「生命」的哭聲。

不知不覺間，美智子雙手提著兩個大水壺，裡面裝著泡好的奶粉和開水的水壺。不愧是以母親自居，她準備得相當萬全。

我們戴上耳塞，快步前進。進入洞穴之後，雖然「生命」的哭聲如雷貫耳，但多虧有耳塞，我們沒有被震昏過去。

很快地，我們看見朦朧的光蘚微光，「生命」的房間裡，哭聲在牆壁上嗡嗡迴響。仔細一聽，是介於「呱」和「呀」之間的聲音，所以我跟美智子算是平手吧。

「看來這不戴耳塞可不行呢！啊，反正之後要送去橘色新館嘛。」佐佐木學長低聲道。「生命」仰躺在地上，踢打著雙手雙腳。雖然動作和普通嬰兒一樣，但身體尺寸跟我們差不多，因此看起來很詭異，有點可怕，原本包住身體的白被單有一半都鬆開了。

「『生命』，你渴了吧，你是好寶寶，要乖乖的喔。」美智子說著，就拿著裝開水的奶瓶靠近「生命」，輕拍他的胸口，哭聲立刻就變小了。

只見美智子才把奶瓶放到嘴邊，「生命」就蠕動著嘴脣，吸住奶嘴，開始貪婪地喝起來。喝光兩百毫升的開水後，美智子把空掉的奶瓶塞過來：

「薰，裝滿泡好的奶粉。」

「呃，好。」我回應，打開奶瓶蓋。這段期間，美智子仍持續輕拍「生命」的肚子，配合拍打的節奏，她的馬尾也跟著規律擺動。

「好囉。」我把裝了奶的奶瓶遞過去，美智子把奶嘴放到「生命」嘴邊。跟剛才一樣，「生命」毫不猶豫地直接喝起來。

「太好了，跟人類嬰兒一樣會喝奶。」美智子的眼睛溫柔地微笑著，這丫頭，完全進入母親模式了。

我想起昨天第一次見到的母親理惠醫生，想到自己不曾像這樣受到母親的呵護，突然覺得有點難過。接著，我在心裡對天發誓，未來絕對不會讓「生命」感到孤單。

奶瓶一下子就空了，喝過開水和奶粉，「生命」似乎滿足了，含住拇指，又睡著了。我們四個國中生就這樣圍在「生命」旁邊，輪流撫摸他的身體，皮膚冰涼涼的，和「蛋」一樣光滑。

佐佐木學長還在那邊檢查監視設備的鏡頭，他喃喃低語「看起來是正常運作啊……」，邊說邊搖頭地站了起來，轉身對我們幾個說：「他喝完奶，好像飽了，我們先回基地吧。」

一回到基地，痞子沼的舊型手機就響了。他接起來講完電話之後，揮手招呼：「我媽媽說早餐已經準備好了，叫我們過去吃。」

「麻煩你們家這麼多，還吃你們的早餐，我們會不會太厚臉皮……」美智子說到一半，肚子咕嚕嚕叫了起來。由於痞子沼的提議，加上美智子的肚子叫，讓我和三田村發現自己也餓了。

「恭敬不如從命，我就不客氣了。」說完，我立刻站了起來。

佐佐木學長推辭說「我還要去上課」，人就先離開了。感覺他是真的不願意加入我們吧。

我們在平沼家一邊吃著早飯，一邊想著往後會怎麼樣。可是憂心忡忡也沒用，我樂天地想，只要聽從翔子阿姨和佐佐木學長的指示，總有辦法的。

吃完飯後，我們在祕密基地無所事事，四人都打起瞌睡來了。昨晚幾乎熬了一整夜，而且才剛從三天兩夜的畢業旅行回來，這也是沒辦法的事。

沒多久，遠方傳來機車聲，接著是豐田陸地巡洋艦的引擎聲。我們四個都被驚醒，爬了起來。

事情的發展就像這樣峰迴路轉，我們只能勉強跟上，身在湍流之中，根本無暇張望四周。

第8章

4月21日（五）

保護「生命」計畫，啟動！

翔子阿姨開了一輛小卡車，戴墨鏡的佐佐木學長則開著翔子阿姨的豐田陸地巡洋艦。佐佐木學長今年三月從高中畢業，成了貨真價實的大學生，他說他趁著開學前的春假考了汽車駕照，機車駕照應該是在高中時就考到了。戴起墨鏡的佐佐木學長看起來好成熟，難怪美智子會對他著迷。

翔子阿姨抵達後，立刻俐落地指揮眾人行動：「『生命』要搬上小卡車的貨斗載過去，我借了推車，可以用來把他搬出洞穴。雖然洞穴的地面凹凸不平，但有推車還是比較方便。美智子跟『生命』一起坐在貨斗內過去，橘色新館位在一片樹林裡，要是他像剛才那樣放聲大哭，肯定會引起注意，千萬要小心，你們三個男生和敦一起坐豐田陸地巡洋艦，隨後跟來。」

美智子小聲說「看來我的責任重大呢」，要是「生命」大聲哭鬧發出震耳欲聾的聲音，一定會引來行人的矚目。

痞子沼像是想起了什麼，喊著「等我一下」，人就離開現場。沒多久，他就抱著一團捲起來的紅布跑回來。「我們用這個吧！這叫『紅履毯號』，是爺爺的發明。」

「什麼叫『履毯』？沒聽過這種詞。」美智子問。

住過外國的美智子英文很好，立志以後要當口譯，因此對詞彙很敏感。同樣住過外國，但英語爛到家的痞子沼神氣地回答：

「這是我爺爺自創的詞，履帶和地毯合體，變成『履毯』。爺爺不只會發明機器，還喜歡發明一些怪詞。它的正式名稱是『天竺鼠履帶紅地毯號』，原本是我爸爸取的，但是爺爺嫌這個名字又臭又長，打了回票。」

戴墨鏡的佐佐木學長推著手推車，痞子沼肩上扛著爺爺發明的紅地毯，我和三田村則提著水壺，翔子阿姨和美智子抱著備用的白色床單，每個人身上都扛了一堆東西，前往洞穴裡的廣場。

走進「蛋」房，翔子阿姨便大聲驚呼：「天啊，真不敢相信，這孩子居然已經會坐了……」

正在吸吮拇指的「生命」確實正靠坐在牆上。

「普通的嬰兒要出生滿三個月，脖子才會變硬，六個月才會自己坐。這孩子出生只有半天就能坐，實在是太快了。」

「可是，長頸鹿和小鹿一出生就會走，而且他又不是普通的嬰兒。」痞子沼提出反駁。嗚，可惡！又被他搶先說出《厲害達爾文》節目提到的動物知識了，真是不甘心。

翔子阿姨沒有對痞子沼的話表示意見，交抱起手臂：「既然如此，『生命』的搬運作戰必須打掉重來。沒辦法，薰和美智子一起把他搬上手推車。」

咦咦咦！這麼重大的工作，我實在做不來——我正想這麼說，但想到美智子二話不說就答應的爽快態度，我如果耍任性實在很難看，只得勉強點頭。

「平沼同學，這台老鼠滾輪毯要怎麼用？」翔子阿姨示意痞子沼動手。

名字整個被扭曲了，但粗枝大葉的痞子沼毫不在乎，立刻開始準備。「請看我們的商品示範，首先，把『紅履毯』打開來，接著將要搬運『生命』的手推車放上去，再來呢，只要抬起地毯的左右兩邊，形成一個圈，在手推車上方連接起來，傑克！真是太神奇了！手推車完全被包進紅履毯裡面了！」

「原來如此，外側的紅履毯會吸收地面凹凸不平的衝擊，你先試著推看看。」

翔子阿姨站上手推車，對痞子沼招手。他開始推動，包在外側的紅履毯也跟著回轉前進。

「哇，這東西太讚了！底下凹凸不平，但坐在裡面一點都不會感到震動。」

「我說的沒錯吧？特殊塑膠製的『紅履毯』是潛水艇的輔助機器，把手推車的部分換成『深海五千號』，像糕點的葉子那樣包起來的合體版本，就叫做『比目魚號』。」

「太混淆了吧，平沼同學的爺爺是個發明天才，但取名字的品味可能有點問題。不過機會難得，請你爺爺來擔任曾根崎團隊的名譽隊長如何？」

翔子阿姨突然給出這樣的提議，我有點慌張：「我是沒關係，可是這麼一來，是不是要先任命佐佐木學長和翔子阿姨職位才行。」

「我可以擔任『計畫』總監督，可是這個計畫的名字太長了，用開頭的字母簡稱如何？『保護生命計畫』，簡稱ＩＭＰ[5]，就叫ＩＭＰ總監督吧？嗯，挺不賴的。」

翔子阿姨確實是身居這樣的領導地位，但她沒有徵求任何人的同意，逕自就任最高位，我覺得她這個人的自信心真是強到爆炸。

「我不想要什麼頭銜，所以免了。」佐佐木學長說。

「可是有個職稱比較方便啊，你叫『ＩＭＰ工友（簡稱ＩＭＰＰ）[6]』如何？」翔子阿姨說。

佐佐木學長神情微慍，反駁說：「現在快點執行任務吧！要叫什麼，等搬完再來想也行吧？」

「不好，『生命』長得太快，害我的計畫徹底崩壞，不小心亂了陣腳。但敦說的沒錯，現在應該馬上開始執行ＩＭＰ！」

就這樣，不經成員同意就決定作戰名稱的「獨裁者」翔子阿姨，高聲宣布行動開始。

因為「生命」已經會坐了，很輕鬆就能讓他坐到手推車上面。我把手推車放到「生命」旁邊，再把履毯攤開在手推車前面，這下就準備萬全了！應該是吧？

偏偏這時發生了一件意外，「生命」喊著「媽媽」，靠在美智子身上。美智子撐不住巨大的「生命」，連同手推車一起翻覆。顧不了手推車，美智子被「生命」抱住，開心地直說：「對，我是你媽媽喔。」

「這麼說來，《厲害達爾文》節目也提到過，小雞會把孵化後第一個看到的東西當成媽媽。」身為《厲害達爾文》鐵粉的我，滿臉得意地發表意見。

佐佐木學長馬上提出疑問：「你說那個看到狗玩具的小雞，把玩具當成母親跟著跑的實驗嗎？可是他出生的時候，我們也在場，為什麼他只把進藤同學當成

---

5. 譯註：「保護生命計畫」的日文為「いのちを（Inochi wo）守れ（Mamore）！プロジェクト（Project）」，故首字母為IMP。

6. 譯註：原文為「IMPのパシリ（pashiri）」，故縮寫為IMPP。

媽媽？」

嗚，這我怎麼知道？痞子沼提到《厲害達爾文》的知識時，都沒人說話，為什麼我說的時候就要被人吐槽？真慘。

「因為美智子是美少女啊，既然如此，讓『生命』坐上手推車大作戰必須進行微調，美智子跟『生命』一起坐上手推車吧。」

美智子牽起「生命」的手，他發出「咕噗」的聲音，抱住美智子。這次可能是因為有了心理準備，美智子沒有被撞倒。「生命」的體型和美智子差不多，只要預先防備，就不會被推倒。我推動手推車，地毯旋轉車（沒有人記得它的正式名稱）便自行轉動起來，輕鬆極了。

「『紅履毯』可以自動測量上面的物體重量，我們順便量一下『生命』的體重如何？」

「平沼同學，這個提議不錯，可是『生命』要跟美智子在一起才肯乖乖不動。」翔子阿姨指出關鍵所在。

三田村回答：「這有什麼問題！只要先測量『進藤同學＋生命＋手推車』的重量，再扣掉『進藤同學＋手推車』的重量就行了。」

「開什麼玩笑，這什麼爛主意，我絕對不會透露我的體重。」美智子總是在奇妙的地方展現女生的嬌羞與固執。

「你們真的是一盤散沙啊，這樣吧，美智子，妳把體重告訴我一個人就好。總可以了吧？」

「唔，告訴翔子阿姨的話是可以……」美智子勉為其難地同意。

忙亂中，一行人即將來到出口，三田村突然說：「我們忙著搬『生命』，剛才沒有特別注意，蛋殼還留在那裡嗎？」

我在記憶中回溯剛才的畫面，完全無法回想起蛋殼掉在地上的景象。「蛋殼很有生物學的價值，如果有殘骸，得帶回去才行。」佐佐木學長說完，就跑回洞穴裡面。

很快地，遠方的腳步聲迅速變大，佐佐木學長回來了。「找不到殼，怎麼會這樣？」

「應該是被這小子吃掉了啦，白粉蝶的幼蟲一孵化，第一件事就是吃掉卵的殼。」痞子沼又搶先我說出《厲害達爾文》的知識。

「不要把『生命』跟毛毛蟲相提並論！」美智子當場反駁，所以這次我不覺得氣惱。

佐佐木學長說：「先不管是不是毛蟲，平沼的推論符合自然生態。而且孵化時的影像消失了，這下子他是從蛋裡生出來的證據全都沒了，我真是個大蠢蛋。」

「可是他沒有肚臍，看得出不是胎生的。」美智子安慰佐佐木學長說。

被一片葉子般的「紅履毯」包裹的手推車，卡啦卡啦旋轉著前往洞穴出口。

這時「生命」開始發出「咕噗」、「噠噠」等怪聲。

一走出戶外，被春天陽光籠罩的「生命」吸了一口氣，喊了一聲：「咪呀！」

他的聲音在後方的洞穴迴響，樹林裡的禽鳥同時嘎嘎啼叫著飛起來。

「生命」再次吸了一口氣，不妙，第二波要來了！正當我戒備起來，翔子阿姨說：「敦，給『生命』戴上墨鏡！」

佐佐木學長摘下他的墨鏡為「生命」戴上，美智子則是拚命哄拍他的背，結果他沒有大哭，而是長長地吁了一口氣。

「千鈞一髮，要是他像昨天那樣大哭，就不得了了。」翔子阿姨說。

我們在小卡車的貨斗搭上兩片板子，把「紅履毯」推上去。

我將「生命」從手推車抱下來，三田村把疊起來的手推車拿下來，由痞子沼負責將它收回祕密基地。痞子沼回來的時候，引擎發動的聲音響起。

「坐好囉，IMP作戰開始！」翔子阿姨從卡車駕駛座探頭出來。

「噢耶！」曾根崎團隊成員的吆喝聲重疊上去。

坐上貨斗的美智子和我一起用白被單罩住「生命」，一瞬間我擔心「生命」會不會哭出來，但也許是美智子的拍背奏效了，平安無事。

引擎轟隆一響，卡車動了起來。回頭一看，痞子沼和三田村把身體探出豐田陸地巡洋艦，向我們揮手。

痞子沼就算了，乖寶寶三田村居然也會這麼做，變化未免也太大了吧。

我知道翔子阿姨平常開車有多猛，感覺得出來她現在是小心翼翼地慢慢開。貨斗內，美智子輕拍著戴墨鏡的「生命」背部，小聲唱著《竹田搖籃曲》。「生命」含著拇指，聽得入迷。

我這個沒什麼用處的陪伴者，只能傻傻地在顛簸的貨斗上看著他們兩人。

從平沼製作所到山上的大學醫院，行經海邊的衝浪高速公路，平常開車不用三十分鐘，今天因為翔子阿姨超慢速的安全駕駛，我們花了快一個小時才到達。爬上醫院坡道時，小型卡車發出呼嘯聲，萬一「生命」在這時候哇哇大哭就慘了，美智子拚命地拍背唱《竹田搖籃曲》，越唱節奏越快。

爬上坡之後，是兩座一灰一白的雙子大樓。車子在圓環左轉，進入土堤路，接著左拐進入樹林小徑，前方出現一棟像橘色雪酪的建築物。

「『生命』，這裡是你的新家喔。」美智子說著，掀起蓋住「生命」的白被單，只見「生命」抬起戴墨鏡的臉，發出「噠」的一聲。

小卡車一抵達橘色新館的後門，馬上就有兩名穿白衣的女子拉起了鐵捲門。等到卡車和豐田陸地巡洋艦兩台車陸續開進車庫，鐵捲門又放了下來。

車庫裡面只有昏暗的燈光照明，看起來很單調。翔子阿姨說：「這裡平常是業者卸貨的地點，除了早晨和傍晚，幾乎不會有人進出。剛才那兩位護理師是負責照顧『生命』的人，資深的一位是若月護理長，十年前蓋新醫院的時候，舊大樓變成安寧大樓『黎明大樓』，她從那時候開始就擔任護理長了，非常資深。年輕的一位是今年春天剛派到橘色新館的新人，赤木小姐。」

「討厭，如月護理長，如果我算資深，如月護理長您是什麼？」

「當然是超級老鳥啦。」翔子阿姨一副無所謂的樣子。

佐佐木學長說：「我們研究室有一位赤木醫生，赤木小姐跟他是親戚嗎？」

「哎呀，我們真有那麼像嗎？謝謝你平日對哥哥的照顧。」

「都是他在照顧我，但我沒聽說他有妹妹。」

「我們年紀相差了十歲，比起妹妹，更像是女兒。不管我說什麼，他都用一句『我幫妳換過尿布』堵我，我覺得這算是性騷擾吧？還是權勢騷擾或精神騷擾？或者全部都是。」

翔子阿姨轉身迅速向大家介紹我們幾個人：「國中生團隊的隊長是曾根崎同學，他平常大部分都在紅磚樓活動，也來過這裡，或許妳們曾經看過他。戴眼鏡看起來聰明伶俐的是立志考上醫學院的秀才三田村同學；感覺很可靠的大塊頭小朋友是櫻宮的發明王——平沼製作所的少爺平沼同學；然後在貨斗上抱著『生命』的美少女是班長進藤同學。」

「翔姊，您也應該要把我介紹給她們吧。」

「啊！忘記了，我以為橘色新棟的各位都認識佐佐木敦同學，他在今年春天成為大學生，少了超級高中醫學生的頭銜，現在變成普通的醫學生了。」

為什麼翔子阿姨要對佐佐木學長說話這麼苛刻啊？而且為什麼佐佐木學長都不會反駁翔子阿姨呢？真是個謎。

「最後，坐在貨斗上的大嬰兒，就是話題人物『生命』。現在就請兩位擔任『保護生命計畫』，也就是ＩＭＰ的實務班班長。有若月護理長加入，可以協調兩個單位，增加安全性。」

我提出疑慮：「人手多是好事，可是這樣也會讓消息更容易傳播出去。」

「你說的沒錯，這個做法是雙刃劍，但我認為必須把『生命』的生存擺在第一優先。若害怕消息走漏，減少人手，讓『生命』陷入危險的話，就是本末倒置了。那麼，『保護生命計畫』——簡稱ＩＭＰ的第一階段，『搬運生命計畫』——簡稱ＩＨＤ，現在要進入第三步驟。」

聽起來複雜得要命，簡而言之，第三步驟就是從車庫搭乘業務電梯前往三樓而已。翔子阿姨取出鑰匙，插進鎖孔，按下按鈕，燈亮了起來，電梯開始上升。不管是紅磚樓那座燈會熄滅一下的老電梯，還是這台需要插鑰匙才能前往不同樓層的電梯，東城大學的電梯怎麼問題這麼多？也太麻煩了吧！

翔子阿姨配合電梯上升的速度，語氣悠哉地說：「十年前發現三樓以後，每年都會在聖誕節舉行一次天象儀演唱會。一開始是請外面的人幫忙，但隔年開始就改為我們自己主辦。在開始準備十二月的聖誕節上映會以前，那個房間都不會有人去，就像個祕密房間。我查了一下，發現業務電梯可以上去三樓。三年前新冠肺炎肆虐，鬧得天翻地覆時，也使用了這個地方，當時這裡擺了最新的葉克膜儀器，專門治療重症病患。」翔子阿姨說完，表情瞬間變得哀傷。

話剛說完，電梯門同時打開了。三樓很陰暗，房間正中央分量十足地坐鎮著一具老舊的天象儀投影機。

「這不是蔡司的初代機嗎？是博物館等級的珍品耶！」

「平沼同學怎麼會精通這麼奇怪的事？」翔子阿姨說。

「是爺爺用斯巴達教育鍛鍊出來的，爺爺對機器的歷史非常講究。」

這裡平常似乎當成倉庫使用，天象儀旁邊有張巨大的床。仔細一看，其實是並排在一起的兩張床，上面再鋪上床單。

「若月，有辦法裝柵欄嗎？他昨天才剛出生，就已經會坐了。感覺很快就會開始爬了，如果床邊不加裝柵欄圍起來，他可能會摔下去。」

「嗯！不要睡床上可能比較安全，我去黎明大樓拿墊子和圍欄過來。」

男孩三人組又被任命為搬運人員，和若月護理長一起前往黎明大樓。

若月護理長在路上向我攀談：「曾根崎同學，你之前遇到那麼慘的事，卻還願意繼續來東城大學，真的膽識過人。桃倉醫生離開真的很可惜，不過每個人都知道醫生並沒有錯。」

聽到她這麼說，我有點害臊，不知道該怎麼回答，但胸口一陣暖意流過。

抵達安寧大樓後，若月護理長指揮幾名護理師說：「幫我準備八張瑜伽墊和預防摔落的圍欄，還要一台大型手推車。」

護理師俐落地行動，五分鐘就把若月護理長交代的物品全部準備好了。

我們把這些東西疊起來，搬上大型手推車，開始推動。

痞子沼懊惱地說：「早知道還要搬東西，就把『紅履毯』帶來了。」

我搖頭反對：「不行，用那種東西太招搖了，會引起風波的。」

「唔，說的也是。」痞子沼很乾脆地撤回自己的意見。

我們三人喀噠喀噠地推著大型手推車經過鋪平的路面，前往橘色新館。土堤路上夾道的櫻花樹都轉成了綠色，看了令人賞心悅目。

兩小時後，橘色新館三樓的祕密房間裡，「生命」專屬的居住空間布置完成了。翔子阿姨從二樓病房拿來泡好奶粉的奶瓶，「生命」一口吸上去，一眨眼就喝光了。

「不得了，赤木，麻煩妳火速再去拿牛奶，嗯……大概還要三瓶吧。」

赤木護理師匆匆下去二樓。

翔子阿姨估計得很準確，「生命」喝完兩瓶半，小小地打了個哈欠，接著便蜷起身體呼呼大睡起來。

翔子阿姨替他蓋上白色被單說：「房間有監視器，可以從二樓監看，暫時不會有問題。我們去二樓的會議室喝茶，順便討論往後的方針吧。」

「既然要喝茶，一定有點心吧！」痞子沼開心地悄聲對我說。

第9章

4月27日（四）

越壞的預感
越容易成真。

「生命」順利住進橘色新館三樓，在那兒待了一星期。

曾根崎團隊的四人每天都去橘色新館看他。

美智子和三田村的變化令我驚訝。美智子本來就熱心助人，但對於照顧「生命」，更是不遺餘力。她那副模樣，完全就是個「媽媽」。

三田村的變化更是戲劇性，他居然每天蹺掉補習班的課，真是難以想像。他還製作了一本「生命」紀錄本，詳細觀察，卯足了勁要寫出一篇論文，肯定是想投稿《自然》。

可是，一群活潑的國中生浩浩蕩蕩地在病房大樓裡晃來晃去，實在很引人注目，更別說那是可以登上《自然》的新物種，我實在沒有自信能在醫學院保密到底。我害怕貓頭鷹怪人藤田教授會打探到這件事，因為只要是和論文有關的事，他的嗅覺特別靈敏。

不祥的預感還是成真了，但挖掘到祕密的，卻是意料之外的人。

「生命」在這短短的一個星期，成長速度驚人。

他生下來的隔天就會坐了，第四天會爬，第六天站起來開始走路。

他攝取的只有水分和水果，因為沒有肛門，不必為換尿布操心，省了許多麻煩，但沒有排泄的狀況一直持續，也讓人有些擔心。

這天，我們曾根崎團隊的四人一起前往橘色新館，從戶外階梯走上三樓，發現氣氛異於平時，平常只有一名護理師，但今天除了翔子阿姨，還有兩名護理師，以及一名穿白袍的高大男子。

「赤木醫生……你怎麼會在這裡？」我忍不住大叫。

赤木醫生狠狠地瞪了我一眼，大聲說：「為什麼我會在這裡？曾自然會不知道理由嗎？」

翔子阿姨背後，新人護理師赤木小姐縮得小小的。我猜想一定是妹妹的行為引起哥哥的疑心，哥哥逼問妹妹，得知了事實。

赤木醫生接著說：「最近救援手佐佐木都蹺掉晨會，你也是一副心神不寧的樣子。同時，我也聽到有陌生的國中生在橘色新館走動的消息，所以抓住真紀子逼問，她就招了。」

「對不起，哥哥一直恐嚇我，說如果不小心處理，連如月護理長都會丟掉飯碗……」赤木醫生的妹妹語帶哭音地拚命解釋。

赤木醫生點點頭：「這不是恐嚇，在醫院從事業務以外的行為，違反服務規章，必須向醫院業務委員會報告。不過這傢伙到底是什麼？發現這麼驚人的材料，為什麼不向我報告？光是發現這種東西，就是《自然》級的大發現了！」

美智子頂撞說：「所以我們才不想說出去，我們絕對不會讓『生命』變成實驗材料！」

「那他為什麼會在這裡？能待在大學醫院的，就只有付錢住院的病患，和對研究有貢獻的實驗動物，『這孩子』是哪一邊？」

美智子咬住下脣，狠瞪赤木醫生。

赤木醫生聳聳肩：「唔，逼問國中女生有點太殘忍，還是請這裡的負責人如月護理長回答吧。」

「醫療的目的是助人，保護『生命』，這孩子無依無靠，所以我獨斷獨行，把他安置在這裡。」翔子阿姨堅毅地回答。

「妳的博愛精神令人欽佩，但完全沒有說明任何事。既然如此，送去櫻宮動物園安置就行了。」

「『生命』不是動物，怎麼可以送去動物園？」美智子說。

「『生命』是這傢伙的名字嗎？很棒的名字，但他不管怎麼看都不是人。既然不是人，就只能送去動物園，要不然就是送去醫學院做研究。」

「櫻宮動物園三年前就倒閉關園了。」痞子沼小聲頂嘴，結果被赤木醫生惡狠狠地一瞪，馬上就閉嘴了。

在我們交談的期間，翔子阿姨一直浮躁不安地東張西望。真奇怪，佐佐木學長怎麼不在這裡？當我意識到這件事時，對外的緊急逃生梯門剛好打開，佐佐木學長進來了。接著出現一名白袍中年男子，是以前在教授會見過的人，記得好像

是不明病症傾訴門診的教授。

翔子阿姨看見來人，頓時鬆了一口氣說：「田口教授，我正在等您，關於要如何處置這孩子，前些日子我私下祕密和教授討論過，您做出結論了嗎？」

「咦，這是在說什麼？」田口教授歪頭說。

「討厭啦，田口教授就愛裝傻。田口教授是危機管理委員會的委員長，所以我向教授報告我們安置了新物種，詢問站在東城大學的立場，要如何處置才好？教授不是說在做出結論前，先安置在橘色新館保護觀察嗎？」

「有嗎……？」教授滿臉困惑、語氣遲疑，我察覺翔子阿姨是在信口開河。

赤木醫生回答：「田口教授居然會提供建議，令人驚訝。田口教授最痛恨動物實驗，也不寫論文，才剛升上副教授，就寫了一堆佐佐木同學的病例報告，取得博士學位。三年前更成了新冠肺炎應變中心的指揮官，一口氣登上教授寶座，是傳說中的異類呢。」

「我素有『東城大學的救難所』之稱，不知為何，就是會有麻煩事找上門。

若月護理長籌劃黎明大樓的時候，我也被抓去擔任顧問，新冠肺炎應變中心指揮官也是，我就是會在不知不覺間被塞了一堆事，看來這次也不例外。」

薑果然是老的辣，田口教授話鋒轉得真自然。

一旁的翔子阿姨看起來鬆了一口氣，立刻接著說：「所以這次的事，我很快就會正式向醫院管理會議報告，請不用擔心。」

赤木醫生咂了一下舌頭，低聲自言自語：「這傢伙可是東城大學的救世主，只要有他，就可以生出大量的論文，低迷不振的東城大學醫學院研究部門一定也可以轟動全日本——不，轟動全世界。」

「那篇享譽全球的論文，會由我們四人和佐佐木學長來寫。很可惜，上面不會有赤木醫生的名字。」三田村說。

「哦？居然拉攏國中生，救援手佐佐木真精明。嗯，算了，病例報告的名聲就讓給你們這些發現者，我想要的只有他的神經細胞。」

「神經細胞？你要那種東西做什麼？」我問。

「真是的，曾自然的記性也太差了吧？之前我不是才剛告訴過你？霍奇金為了調查神經纖維的電位變化，利用烏賊超出一般規格的巨大神經纖維做研究，我就是要做一樣的事。只要給我一點他的神經，應該就可以寫出好幾篇論文。」

「要拿他的神經？我絕對不許您這麼做！」美智子頑強抵抗。

「只是採集一點點尺神經而已，對『生命』不會有影響。」

「進行這類研究行為，請先提出動物實驗申請，我們會做出決定。」

聽到田口教授的話，赤木醫生再次咂舌頭。一句話就鎮住了八面玲瓏的赤木醫生，或許田口教授跟表面不同，不是個簡單人物。

「今天看在田口教授出面的分上，我暫時休兵好了，但我可沒有放棄。」

我們目送赤木醫生拱著肩膀，從戶外緊急逃生梯離開的背影。

「好了，如月護理長，請妳詳細解釋一下情形。」田口教授溫和地說。

翔子阿姨簡短地交代來龍去脈，田口教授聽完後，說：「從妳說的內容來看，赤木醫生的想法似乎才是對的。」

「如果按照赤木醫生的方案發展，情況會怎麼樣呢？」佐佐木學長追問。

「因為沒有前例，應該要先召開臨時教授會，同時成立委外評估委員會，將事情的經過寫成報告，向文科省報告，最後由校長裁定吧。」

「我對大學醫院的制度沒興趣，我只想知道『生命』會遇到什麼事？」美智子語氣強硬地說。

田口教授一臉為難地表示：「這要看教授會如何決定，不是我能預料的。」

「連這孩子會被怎麼處置都無法預測，您這樣還算是教授嗎？」

美智子的抗議有點過火，甚至是冒犯了。

但田口教授仍然耐性十足地回應：「我了解妳的憂心，但大學醫院的制度有其必要，對於組織裡的人來說，也是很重要的。對了，如月護理長，妳向小兒科病房的負責人副島副教授報告這件事了嗎？」

翔子阿姨低下頭，搖了搖頭：「還沒有，原本我希望副島副教授也能加入團隊，但副教授個性嚴謹，有時不知變通，如果向他報告，他可能會陷入恐慌，不曉得會做出什麼決定，所以我才暫時靜觀其變。」

「妳這樣雖然是越權行為，但也是符合實務的判斷。不管怎麼樣，這件事茲事體大，不是我一個人能處理的。遇到困難，就該求神拜佛，我們去找東城大學的『神明』討論吧！」

翔子阿姨笑著說：「田口教授唯一的強項，就是跟校長有熱線呢。」

這話聽起來有點失禮，但聽到校長的名字，讓我想起了在道歉記者會時關心我、鼓勵我的小個子老人，臉上的溫柔笑容。

IMP（保護「生命」計畫）的六名成員，我、美智子、痞子沼、三田村、佐佐木學長再加上翔子阿姨，隨著田口教授一起前往舊病房大樓的三樓。

東城大學有新舊兩棟大樓組成的雙子塔，灰色的舊病房大樓現在成為安寧病房，稱為黎明大樓，校長室就在它的三樓。校長是大學裡地位最崇高的人，但他個性隨和，沒有架子。

進入電梯後，翔子阿姨說：「黑心狸貓高階校長年紀已經那麼大了，什麼時候才要退休啊？」

「如月護理長，這個話題絕不能提，校長一直想要退休，成天睜大了眼睛在找退休的藉口。現在東城大學有各路餓狼四處徘徊，虎視眈眈要爭權奪利，因為有高階校長坐鎮，才能勉強維持平衡。」田口教授低聲提醒。

「這麼說來，幾年前有風聲說高階校長指名田口教授當他的繼承人。」

「請別開玩笑了，那種荒唐的要求，我當下就拒絕了。」

「所以傳聞果然是真的？」

田口教授驚覺說溜嘴而掩住嘴巴，但為時已晚。我想要幫田口教授解圍，趕緊提出其他問題：「校長沒有退休年齡嗎？」

「沒有，現在大學醫院不再是國立機關，變成獨立行政法人，所以退休規定也是由各機關自行決定，還可以在多家大學兼任教授呢。」

電梯門打開，左右規矩地排列著看起來冰冰冷冷的門，但盡頭處有一道門，

只有它是木製的。田口教授敲了敲那道門，裡面傳出溫和的回應：「請進。」開門之後，裡面有一張兩側都有抽屜櫃的高級黑檀辦公桌，一名嬌小的老人坐在桌子另一頭，開口：

「咦，不只是田口教授，還有這麼多年輕人上門，真難得。啊，這不是超級國中生曾根崎同學，和超級高中生佐佐木同學嗎？」

我連忙鞠躬行禮：「上次謝謝校長幫忙，現在我在草加醫生的研究室。」

「太好了，不過看到如月護理長也一起出現，總有種不妙的預感呢。」

「您的預感是對的，高階校長，其實我們有事相求。」

田口教授正打算要開口，高階校長卻露出遙望的眼神看向窗外：「以前我也像這樣拜託過田口教授，但現在完全相反，我成了任憑田口教授操縱的傀儡。既然如此，真想快點把校長的位置讓給田口教授，退休享福。我都快過喜壽了（七十七歲），為什麼還得這樣操勞奔波？真是不懂。」

「這是校長的天命啊，我會聽您發牢騷的，不過請您先幫幫忙吧。」田口教授開口安撫校長。

既然沒有人指名，美智子便自告奮勇主動說明：「校長，幸會，我是櫻宮中學三年B班的班長，進藤美智子，請多指教，請校長保護我們的『生命』。」開場的自我介紹很有禮貌，但接下來的請求則毫不保留，是直擊紅心的超速球。

「妳說的『生命』，是你們重要的人呢。」高階校長不動如山，冷靜地應對，這時桌上的電話響起，校長拿起話筒：「喂，我現在有客人……好，那請你立刻過來。」

高階校長放下話筒，交互看著田口教授和翔子阿姨說：「草加教授打來的，他說想談談橘色新館的問題，我叫他現在過來一趟。」

赤木醫生已經行動了？我大吃一驚，翔子阿姨小聲說：「想不到馬上就進入對決場面了。我們得好好堅持住才行。」

不到五分鐘，敲門聲便響了起來。先是白鬚仙人草加教授進來，後面跟著赤木醫生，他一看到我們，便咂了一下舌。

「田口教授親自率領叛軍，和首腦密談，這招太毒辣了。還以為你只是個老好人的糊塗教授，沒想到人不可貌相，居然這麼精明……」

「說我糊塗，這個評語一點都沒錯。年輕的時候，大家都叫我『地藏王』，靠著供奉的祭品，才能苟延殘喘……」田口教授跟著打哈哈裝糊塗。

「就當你說的是真的好了，草加教授，可以讓我說明一下狀況嗎？」赤木醫生說。

「我是無所謂。」白鬚仙人草加教授點點頭，散發出歷練老成的風格。

狸貓、地藏、仙人、摩艾像加上炸彈女孩……應有盡有，東城大學簡直就像花屋敷遊樂園的鬼屋嘛——雖然有點冒失，但我心裡忍不住產生這樣的聯想。

「正好，這次鬧出問題的當事人都在場。這夥人未經大學高層同意，就在橘色新館三樓飼養巨大新物種。無論是在實驗倫理或診療倫理方面，都違反了東城大學的規定。請校長立刻做出嚴正的處分。」

接著赤木醫生瞥了我一眼：「問題兒童曾根崎同學會在這裡，並非巧合。他完全不理解醫學的精神，我已經指導他超過半年，實在難以從根本矯正……」

我驚嚇得什麼話都說不出來，一年前的舊傷彷彿再次被挖開，陣陣刺痛。

「赤木醫生，您對還不成熟的國中生做人身攻擊，有違師道。」佐佐木學長立刻出聲為我抗議。

「我也很震驚啊！因為現在這狀況，證明曾根崎同學完全不信任我、完全不理解我對醫學的感情。」

「赤木醫生對醫學的感情是什麼？您打算把還不懂事的那孩子當成實驗材料看待，這麼做就是醫學嗎？」被激怒的美智子，化身馬尾怪獸出口頂撞。

「是對？還是錯？我不知道，所以請東城大學的老師們一起討論，決定如何處置吧！我提議按照規矩處理，你們的做法是在踐踏大學醫院的規矩。」

美智子沉默了，但我不認為她是錯的。在一旁靜觀大家議論的高階校長站了起來，扯了扯白袍的袖子，拉平皺褶。緩緩開口說：

「好了，比起討論，還是先去現場看看吧。」

翔子阿姨一時反應不過來：「現場？哪裡？」

「橘色新館三樓，沒看到實物，就算聽完你們的爭論，也無法做出定奪。」

我們十人大隊排成二列縱隊，領頭的是翔子阿姨和美智子，後面跟著痞子沼和三田村，然後是赤木醫生和草加教授，接著是佐佐木和田口教授，最後不知為何是我和高階校長。一路上，病患和醫院人員都驚訝地目送我們這支隊伍。

我聽見前面的佐佐木學長和田口教授之間的對話：

「佐佐木同學，你還是住在『光塔』嗎？那份工作很辛苦吧？」

「差不多習慣了。」佐佐木學長簡短地回答，聽起來好像是什麼嚴肅的事。

「若是進入新階段，我會盡可能協助你。」田口教授補了一句。

一行人穿過樹林，來到橘色新館前面。我們維持著二列縱隊，走上戶外緊急逃生梯。

一打開三樓的門，周圍的空氣便震動起來。哇哇大哭聲讓我們摀住了耳朵。

「『生命』，你怎麼了？」美智子大聲喊著，跑進房間裡。

「生命」躺在地上，手腳胡亂揮舞，赤木護理師束手無策地呆站在一旁。她的手上拿著空掉的奶瓶，地上掉落五個空奶瓶。

美智子輕輕拍打「生命」的身體，「生命」發出第二波哭號砲彈，但美智子不為所動，小聲唱起《竹田搖籃曲》。結果「生命」含住拇指，安靜下來了，美智子清澈的歌聲在天象儀圓頂中迴響著。「生命」開始發出睡著的呼吸聲，美智子慢慢地結束搖籃曲，站了起來。

「剛才的哭聲傳到外面了吧？」我小聲說，美智子點點頭。

「原來如此，這孩子就是『生命』嗎？真是耐人尋味。」高階校長說。

「校長也把他當成研究對象嗎？」美智子瞪大雙眼望向校長。

「為了讓他活下去，就必須研究他。必須深入了解他，才能在他出狀況時，以醫學知識來應對，醫學是一個方法。」

「您的意思是說，如果不研究他，萬一他出了什麼狀況，就沒有辦法應變了，是嗎？」

「沒錯，妳很明理，不愧是他的『母親』。現在你們可以告訴我事情的來龍去脈嗎？」

三田村把放在桌上的筆記本拿過來：「這是我從『生命』出生以後，每天寫下的觀察日記。只要讀了這份紀錄，應該就可以增加對他的認識。」

三田村很緊張，他的目標是成為醫生，高階校長的身分，等於是他最崇拜的地位。高階校長接下觀察日記，放在桌上攤開來，田口教授、草加教授和赤木醫生也圍在旁邊。高階校長喃喃低語著「嗯」、「原來如此」，一旁的赤木醫生則是發出不同類型的感嘆詞：「什麼！」「怎麼會！」高階校長讀完後，把筆記本還給三田村。

「非常有參考價值，赤木醫生，這份觀察日記寫得如何？」

「內容詳盡，完全可以做為論文資料。雖然缺少了一些觀點，但現在給予修正都還來得及。」赤木醫生支支吾吾地回答。

這時，一直保持沉默的田口教授突然開口：「赤木醫生，你剛說你會遵守東城大學的基本規則。但如果讓『生命』依據東城大學的基本規則進入實驗流程，第一件該做的事，應該是找負責倫理規範的沼田教授討論才對。」

聽到田口教授這麼一說，赤木醫生露出驚慌的神色：「要是這麼做，就無法迅速應變，萬一沒處理好，永遠都走不到實驗那一步了。」

「可是，這是正式規定。」

「啊，我到底該如何是好……」赤木醫生抱住了頭。

他們好像在討論以前我在教授會見過的沼田教授，但我已經不記得他的長相了。

交抱著胳膊的高階校長說：「那麼，我現在以校長權限做出臨時指令，我暫時決定把新種巨型生物——命名為『生命』，安置在東城大學醫學院的橘色新館，科學觀察活動以國中生團隊為中心進行。」

「他們四人加上我和敦，已經組成了ＩＭＰ，也就是『保護生命計畫』團隊。」翔子阿姨立刻說。

「不愧是如月護理長，做事周到。除此之外，我會請『神經控制解剖學教室』提供學術支援。不過僅限於透過客觀觀察來蒐集生態資料，禁止做出傷害研究對象的行為。」

聽到這裡，原本抱頭懊惱的赤木醫生突然恢復活力，抬頭說：「也就是說，可以進行非侵入性的觀察是嗎？感謝校長的安排。」

「還有，也請您們指導國中生的學術研究小組，我會從旁協助。」佐佐木學長補充說。

「如果佐佐木也要加入的話，只要讓寫下詳盡觀察紀錄的三田村同學擔任研究的主要成員，我沒有其他異議。」

「嗯，那麼，『媽媽』同意嗎？」高階校長語氣誠懇地問。

美智子點點頭：「只要不會傷害這孩子，我可以答應。」

「做為和解儀式，請研究人員代表赤木醫生和曾根崎同學握手。」

「我在赤木醫生的研究室學習，並沒有和醫生鬧翻，需要握手的應該是美智子——不對，是進藤同學和赤木醫生吧。」我忍不住提出異議。

「確實沒錯，那就請進藤同學和赤木醫生握手。」

美智子困惑了一下，但還是握住赤木醫生伸出來的大手。

「這是應急措施，只是臨時的，有效期限定為兩個月。請在這段時間內投稿論文到《自然》，這樣就有籌碼和東城大學的理事會談判了。如果有登上《自然》的論文，我們的要求應該可以輕易通過，三田村同學，你能做到嗎？」

聽到高階校長的話，三田村回答：「我當然會全力以赴，以最快的速度完成論文，赤木醫生，請您指導我。」

「呃，喔。」赤木醫生有點遲疑。

我對醫生說：「不用擔心，這小子是比我優秀好幾倍的秀才。」

「聽到這話我就放心了。」赤木醫生今天第一次露出笑容。

「請各位和睦相處，合作無間，好好守護『生命』。」高階校長說完，就帶著草加教授離開房間了。

田口教授向翔子阿姨確認：「這樣就行了嗎？」

「是的，可是解決這件事的是高階校長，我對田口教授回答好像有點搞錯對象？」翔子阿姨說話的語氣有點酸。

「我也這麼覺得。」田口教授聳了聳肩，離開房間，留下ＩＭＰ外加赤木醫生的七個人。

赤木醫生像是變了一個人，突然生龍活虎起來：「接下來我要運用大學的實驗制度，這樣辦起事更安全簡單。我會先以赤木家做為基地，發布照護日誌和我的觀察日誌，三田村同學也把日記傳給我。我會把資訊整合後放在教室，讓你們也能看到。」

赤木醫生說完，感慨良多地看我：「沒想到曾自然會再次挑戰《自然》啊，你這少年也真是百折不撓。」

第10章

5月3日（三）

大人的世界

太複雜了。

五月，進入黃金週連假了，我們每天輪流去橘色新館陪伴「生命」。美智子尤其熱心，從早到晚黏在「生命」身邊，就連會面時間結束了也不肯走，我們男生只好硬把她拖回家。

這時，我久違地想要寫信向爸爸報告。我把發現「蛋」的經過、「生命」孵化、搬運過程的波折，以及和赤木醫生的衝突及和解，都詳細寫在報告當中。這半個月之間發生的事，每一件都驚天動地，但因為是一波接著一波，讓我無暇向爸爸報告，最近終於稍微有些空閒可以整理紀錄了。

我打開今早收到爸爸的最新來信。

爸爸還是一樣，平淡地報告他的早餐內容。

✉ Dear Koaru, 今天的早餐是 Kongurio 湯。Shin

🖂 薰→爸爸，我兩星期沒寫信，不過就像我之前說的，「感覺又有世紀大發現了」，我們找到《自然》級的大發現。

寫到這裡，我把剛剛寫好關於「生命」的報告內容複製貼上，最後加上一句單純的疑問：「對了，什麼是Kongurio？」按下寄出。

叮鈴，火速收到回信。看來在大海另一頭的爸爸，應該還沒睡。

✉Dear Koaru，這真是個世紀大發現！上次你吃足了苦頭，這次似乎相當步步為營。平常的話，爸爸會向你保證不會有事，但你的發現實在是太extraordinary了，或許這次又會被捲入驚濤駭浪，千萬要小心。目前爸爸無法給你什麼建議，但是如果你感覺快要出大事了，不要猶豫，立刻寫信告訴爸爸。因為你這次牽扯的大發現等級太高，稍有一點遲疑，就可能成為致命傷。Shin

PS：「Kongurio」是棲息在南美深海的一種鰻魚，湯非常好喝，也是諾貝爾獎詩人巴勃羅・聶魯達（Pablo Neruda）最愛的一道菜。

讀完爸爸的信，我感到一陣頭暈腦脹。上次爸爸在麻州預先察覺到壞蛋藤田教授的陰謀，提前給出建議並予以粉碎。但這次就連他也無法預測事態會如何發展，情況到底會有多可怕呢？

「extraordinary」這個詞很陌生，我查了一下，看到除了「異常」、「非凡」等意思，還有「驚人」、「離奇」的意思。闔上字典的我，感受到的衝擊，不輸之前查找學術期刊名稱「magnificent」的時候。

我打起精神，上網搜尋「Kongurio」這個單字。《厲害達爾文》應該還沒有介紹過這種生物，要不改天寫明信片給節目，請他們介紹一下吧！如果節目採用的話，會是由「魚先生」來介紹嗎？我最崇拜「魚先生」了。

這時電腦又叮鈴一響，收到來信了。上次爸爸像這樣連續寄信，是那次大麻煩的時候呢——我想著這些，看向螢幕，整個人僵了一下。

✉後天五月三日我會去櫻宮，媽媽也會一起去，我要去見山咲女士。忍。

光是「生命」的事，就讓人焦頭爛額了，現在連「無弓妖精」都要殺過來，真是久違的高潮迭起。幸好我剛才已經向爸爸報告完畢了，要是次序顛倒，恐怕我又要多一件向他求助的事了吧。

隔天早上我去到橘色新館，發現其他三個人都在。三田村每天第一個過來，寫好觀察日記，然後去補習班，放學後的傍晚再回來，繼續整理觀察日記。美智子和值班的護理師一起照顧「生命」；痞子沼呢？有事拜託他就會做，但他不會主動做什麼；而我──則是享受著觀察「生命」周圍的人。

「生命」會吃水果，但不吃魚類或肉類，也不吃穀物。成長速度飛快，現在身高已經超過兩公尺了，讓人好奇他到底會長到多大？

萬一他身長超過十公尺，就沒有地方可以藏他了。看到「生命」如此異常的成長速度，只有赤木醫生一個人喜不自勝。一看就知道他是在盤算著，「生命」長得越大，神經細胞也會越巨大，他更容易拿他來進行實驗。

我想著這些事，心不在焉地吃著美智子帶來的便當，好像是美智子的媽媽為她準備的便當。

美智子有點擔心地說：「薰，你是不是有什麼心事？你的臉色好差。」

嗚，這丫頭太敏銳了。左右張望，痞子沼正在房間角落的床上午睡，三田村去補習不在。我小聲對美智子說：「其實明天忍要來我家。」

「咦？那個太妹要來？」

「嗯，而且理惠醫生好像也要一起來。」

「咦！她們跑來的話，你家豈不是要天翻地覆了？」

美智子清楚我家的狀況，但並不理解內幕。感覺山咲阿姨和理惠醫生任何狀況都能冷靜討論，忍也是，跟媽媽在一起的話，應該也不致於做出太誇張的事。

而且我手中還握有王牌，可以向媽媽告狀「深淵」酒吧的事。

可是，我難以決定要對理惠醫生說什麼、怎麼說。

「真傷腦筋，生母和養母碰在一起，這到底該如何是好？」

「那個女生真的太自私了，快叫她不要來嘛。」

「這也是一個做法呢，我是IMP的主要成員，只要說明我這邊的狀況，或許理惠醫生能理解。不，還是不行，忍一定會說我是落跑的膽小鬼。」

「唔，確實！要是她這麼說，你也無可反駁呢。」美智子乾脆地點點頭。

∴

隔天五月三日，偏偏是個萬里無雲的大晴天。

忍和理惠醫生預定搭乘早上十點的新幹線到櫻宮，所以我一早就去了橘色新館，先看過「生命」再回家。進入連假以後，這是我第一次中途離開。

我在櫻宮站前面的三姊妹銅像等待，看著新幹線進站。我緊張兮兮地在驗票閘門等待下車出來的乘客。一名元氣十足的老爺爺率先走出站，他穿過閘門，經過我旁邊。過了片刻，我才看到兩個人影。忍今天的穿著是樸素路線，披著一頭長髮，戴著眼鏡，理惠醫生則是穿著一襲白色套裝。

忍走出驗票閘門，對我說「謝謝你來接我們」。聽在我耳中，就像是高高在上的主人對部下說「辛苦啦」。她在上次見面時，彷彿就已經成功在我身上銘刻了彼此之間的上下地位。

理惠醫生停下腳步注視我，在長得幾乎令人窒息的凝視之後，她輕柔地微笑：

「三田村不是你的本名呢。」

「那是假名，對不起，我重新自我介紹。我叫曾根崎薰，十五歲，就讀櫻宮國中三年B班，同時也在東城大學醫學院上課。歡迎來到櫻宮——啊，不對，應該是歡迎回來。」

理惠醫生做了個深呼吸，接著說「櫻宮，我回來了」，仰望天空。

當我說出目的地「瑪丹娜公寓」時，計程車司機瞬間臭臉，因為只是徒步十分鐘的短程而已。

我們依序上車，先是理惠醫生、忍，再來是我，坐上計程車後座，一路上沒有對話。或許會被司機誤會是有問題的一家人吧？嗯，確實是有些問題沒錯啦。

五分鐘後，車子抵達公寓，理惠醫生進入電梯，抵達最頂樓，按下門鈴。屋門打開，穿圍裙的山咲阿姨站在裡面。

「媽，我回來了。」理惠醫生說。

山咲阿姨原本有點緊張的表情頓時放鬆下來：「妳回來了，理惠。」

一旁的忍低頭一鞠躬，遞出手中的紙袋：「幸會，我叫山咲忍，這是一點小心意。」

山咲阿姨目不轉睛地看著忍，接著深深低頭行禮：「我才是，幸會。我叫山咲緣，和小薰住在一起。」

接著山咲阿姨轉向我說：「小薰，請她們到客廳坐，我去泡紅茶。」

平常四人座的桌子，我和山咲阿姨習慣面對面坐，但是今天有四個人。或許是這張桌子第一次坐滿了人。我旁邊坐著山咲阿姨，對面坐著忍，斜對面坐著理惠醫生。

山咲阿姨在茶杯裡斟入紅茶，一邊說著：「東京芭娜娜？理惠，妳還記得我愛吃的東西呢。」

「啊，是忍說她想吃吃看。」

「我經常在東京車站看到，對東京人來說，這是夢幻伴手禮。」忍小聲說。

「說夢幻不對吧？明明車站裡那麼多。」我突然插話。

「囉唆啦，那你覺得要怎麼說才對？」忍立刻頂嘴，發現自己不小心露出本性，馬上縮起身體。原來這傢伙也會緊張啊？我不禁感到莞爾。

前天收到忍的電郵時，我猶豫了一下，最後還是決定向山咲阿姨報告。

其實我根本沒必要煩惱，因為理惠醫生和忍要一起來家裡，這件事我不可能不向山咲阿姨報告。我之所以猶豫，是因為必須說明我是怎麼認識忍的。在原宿的廣場被拉小提琴的街頭女藝人搭訕，結果她竟然是我妹妹，這種童話故事般的情節真的在現實生活發生。而且理惠醫生也一起來的話，我實在沒自信能夠矇混過去。之前拜訪理惠醫生的診所時，我用的是畢業旅行自由行動的名義，還用了假名。

不管我如何絞盡腦汁，最後都被逼到了死棋。無可奈何之下，我只好將拜訪聖馬利亞診所的經過，包括偶然發現放在桌上的舊明信片，上面有理惠醫生的住址，所以我利用這次畢業旅行拜訪了她的診所。但是在抵達診所前，意外在原宿偶遇了忍……全部如實告訴了山咲阿姨。

雖然人際關係異常複雜，實際說明之後，情節意外地單純。

聽完我的說明，山咲阿姨嘆了口氣：「看來你已經知道真相了，我可以現在就向你解釋，可是既然理惠要來，乾脆到時候一起說明，可以嗎？小薰？」

山咲阿姨語氣平穩冷靜，相形之下，我的緊張難以掩藏，不小心就反射性點頭：「嗯，好啊。」

這個決定讓我後悔了兩天，這段期間，我每天晚上都在床上輾轉反側，煩心事情到底會變成怎麼樣。幸好終點就在兩天後，我才有辦法撐過來。

如果要等上半年才能揭曉，或許我已經積憂成疾了。就這樣，奇妙的茶會在我家開始了。

「聽說小忍的小提琴拉得很好？下次也拉給我聽。」

山咲阿姨以軟綿綿的口吻提出請求，忍也起勁地說：「隨時都沒問題，什麼時候比較好呢？」

「暑假怎麼樣？啊，今年暑假小忍要準備考試，應該很忙吧？已經決定要考哪一所學校了嗎？」山咲阿姨很自然聊起後面的事情。

「我讀的是完全中學，可以直升，不用考試。」

「妳成績很好，大學也可以考醫學院吧？」我說。

「不，我才不想當醫生，醫生那麼忙，感覺是在燃燒自己的生命。」

這話聽起來既像是在諷刺母親，也是在怨懟自己小時候沒有得到關愛。

「聽說薰就讀東城大學醫學院，這是怎麼回事？」理惠醫生問，我支支吾吾地說「說來話長……」，本來想敷衍過去，結果忍立刻插嘴：

「哥哥兩年前在『全國統一潛能測驗』考到全國榜首，跳級進入東城大學醫學院，是櫻宮的超級明星。對了，我的成績是全國第七名，真是比不過哥哥呢。」說完，忍還故意吐了一下舌頭。

什麼？這傢伙沒作弊就考進了全國十名以內嗎？真是太可怕了。

山咲阿姨說：「我有錄小薰接受採訪的櫻宮電視台節目，要不要一起看？」

「我想看。」「好想看！」「絕對不行！」頓時交錯出現三個人的聲音。

山咲阿姨為難地說：「我也很久沒看了，很想看一下，真的不行嗎？」

「絕對不行，那種東西快點銷毀啦！」

「既然小薰反對，很可惜，今天兩位先打消念頭吧。或許哪天小薰會改變心

意，請等到那個時候吧。」

「抱歉，永遠不會有這天的。」我斬釘截鐵地說。

「唔……太可惜了。」理惠醫生說完，喝了一口紅茶，語意突然變得鄭重嚴肅：「差不多該進入正題了，忍升上國二的時候，我就把大致上的情形都告訴她了。這件事我也向伸一郎報告過，薰這邊要怎麼做，就交給伸一郎決定。但他那個人很怕麻煩，我早就猜到他八成什麼也沒說。」

「完全猜中了，醫生是國二的什麼時候告訴忍的？」

「記得好像是快放暑假的時候嗎？」理惠醫生轉頭問道。

忍點點頭：「沒錯，我在十四歲那個衝擊的夏天，得知了我出生的祕密。」

啊！十四歲的八月，也是我被捲入狂瀾的灼熱夏季。

「忍一直吵著要去找真正生下她的母親，但我不清楚薰這邊的狀況，所以遲遲沒有答應。當忍告訴我，前來拜訪診所的國中生就是薰時，我真是吃驚極了。」

「對不起，我用了假名。」

「沒關係，那樣也好。如果我在當下知道你就是薰，一定會驚慌失措，連帶讓你和一起來的女同學尷尬，畢竟對婦產科有興趣的女生是很寶貴的。」

「她只是很會假裝而已吧？」忍小聲用著只有我能聽得到的音量說話。

雖然美智子是陪我一起去，但一半的原因也是她自己很有興趣。忍這樣說她真的很過分，只是我如果在這時候替美智子說話，就像是火上加油，所以我忍住沒吭聲。

她們真的很不對盤，宛如《三國志》裡的「雙雄不兩立」。如果說美智子是眾人愛戴的蜀國劉備，忍就是吳國霸主孫權嗎？這麼一來，殘暴的魏國曹操是誰？我左思右想，想到一個完全符合的人選——橘色新館的超級護理長翔子阿姨。

光是想像這三人齊聚一堂的景象，我就感到背脊發寒。要是知道我拿這些歷史人物來比喻她們，我會有什麼下場？越想越嚇人，簡直快昏倒了。還是別再亂想，一點建設性都沒有。

「我聽忍說，我和她的爸爸可能是不同人，這是怎麼一回事？」

「什麼意思？理惠？」一旁的山咲阿姨驚訝地瞪圓了眼睛。

理惠醫生視線游移，接著她閉上眼睛，做了幾次深呼吸後，睜開眼睛說：「精確地說，只是有這個可能性。在許多條件限制下，當時的我做了這樣的選擇。我沒辦法生育，但我是人工受孕的專家，所以我想要把自己的卵子和別人的精子以人工方式授精，然後把受精卵放回代理孕母身上，希望順利生下孩子。捐精者之一是伸一郎，另一個人的精子，我是未經同意使用的。因為就算受精卵在代理孕母的體內著床，有時候也不一定會成長。

「當時診所狀況不好，風雨飄搖之際，我認為那是最後一次機會，為了提高著床的可能性，我把兩顆和伸一郎的受精卵，還有一顆和另一個人的受精卵放進代理孕母身上。所以你們其中一人確實是伸一郎的孩子，另一個則有可能是和另一個人的孩子。但到底是哪一個，只有老天爺才知道了。」

「也就是說，我和忍的爸爸有可能是爸爸A和爸爸B，雖然不知道是誰，但其中一個一定是爸爸A的孩子，這個爸爸A就是天天寫信給我的爸爸，是這樣的意思嗎？」

理惠醫生微笑說：「大概就是這樣，但說不定伸一郎是爸爸B。」

聽到這番話，我整個人傻住了，理惠醫生連忙說：「啊，開玩笑的，別當真了。」

居然能拿這種事開玩笑，她的神經到底有多大條？我感到天旋地轉。明明是自己的孩子，她的口氣卻像在談論實驗室裡的小白鼠。想像中的「媽媽」形象，在眼前不斷地扭曲變形。

「我因為子宮異常，無法在體內養育胎兒，所以我的母親為我擔任代理孕母，在體內孕育了你們。也就是說，山咲綠是生下你們的母親，而我是你們生物學上的母親。」

我總算大致理解了，卻有種在玩角色扮演電玩的感受。

「我無論如何都想親眼看看生下我的『母親』，請問我可以摸摸您的肚子嗎？」忍看著山咲阿姨說。

山咲阿姨一瞬間露出驚訝的表情，但立刻微笑說「可以啊」。

忍走近山咲阿姨，伸手觸摸山咲阿姨的肚子。接著，忽然倒地般跪下來，喊著「媽媽」，並且一把抱住了山咲阿姨。

這聲呼喚聽起來很奇妙，我從小沒有媽媽，就連爸爸也只是透過電郵連繫。我一直以為跟我住在一起的山咲阿姨，只是對我很好的保母，與我沒有任何血緣關係。

原來我一直跟生下我的媽媽住在一起，而這個媽媽同時也是我的外婆。眼前，這裡有我真正的媽媽、生下我的媽媽，還有外婆這三個女人，但實際上只有兩人，然後還有突然冒出來的異卵雙胞胎妹妹。

如此錯綜複雜的狀況，我該怎麼向爸爸報告才好？

山咲阿姨完全不曉得我的煩惱，竟然拿出我小時候的相簿給大家欣賞。「這是小薰一直領先到終點前一刻，卻在最後跌倒拿了最後一名的照片。」

「哈哈，哥哥眼眶都泛淚了。旁邊拿著第一名旗子、比著勝利手勢的，是那個女生。」

這丫頭只有在她高興的時候（也就是我不高興的時候）會叫我哥哥，這件事惡狠狠地打擊我的自尊心。這是小學三年級的運動會，也是美智子剛轉學進來的時候。原本在我心中徹底抹滅的舊傷又鮮明地重現了，也就是說，我的神經細胞（即神經元）並沒有忘記那段記憶，而是在心中某處不為人知（應該說不自知）地不斷反芻著它囉？如果這就是所謂的心，赤木醫生想要做的「心的移植」，是個驚天動地的大事業，不曉得會帶來什麼樣的副作用。

過了一會兒，山咲阿姨又沒事找事地站了起來：

「差不多該吃午飯了，我準備一下，你們等等我。」

說完，山咲阿姨就走向廚房，忍隨即跟了上去，說：「我也來幫忙。」留下我和理惠醫生在客廳，理惠醫生交互看著相簿和我，微笑說：

「看到你也過得很快樂，我鬆了一口氣。」

「對不起，我這個兒子這麼不成才。」

我刻意用了「兒子」這兩個字，我從來沒有對爸爸用過這個詞。這時我第一次發現，我幾乎從來沒有意識到自己是誰的「兒子」。

「如果你願意，可以讓我看看你的房間嗎？」理惠醫生突然說。

「咦？這有點……我房間亂得要命……」

「說的也是，一般人不會希望讓別人看自己的房間嘛，對不起。」

理惠醫生落寞地微笑，聽到她這話，我胸口一陣絞痛。感覺她說的「別人」就像在回應我剛才刻意說的「兒子」兩個字，胸口難受起來。

感覺理惠醫生會這樣說，是因為我拒絕讓她看房間吧！於是我改口說：「雖然很亂，但如果妳無所謂的話，可以進去看沒關係。」

理惠醫生驚訝地睜大雙眼，仰望站起來的我。

理惠醫生先是清亮地說了聲「打擾了」，隨即踏入房間。

被子邋遢地垂下床鋪，桌上課本堆積如山，旁邊擺著大型桌電螢幕，唯一慶幸的是，鍵盤周圍奇跡似地一片整潔。我一邊撿拾丟了一地的漫畫雜誌《Dondoko》，一邊請她在椅子坐下。

「不嫌棄的話，請坐一下，我馬上收拾。」

理惠醫生坐下來，轉動椅子望向窗外。「前面蓋了新的大樓呢，以前從這面窗戶可以看到東城大學。」

「您怎麼知道？」

「因為這裡以前是我房間啊。」理惠醫生微笑說。

差點忘了，理惠醫生是山咲阿姨的女兒，是我的母親。然後這裡是理惠醫生的娘家，有她的房間是天經地義的事。

「對不起，把這裡搞得這麼亂。」

「沒關係啦，現在這裡是你房間嘛。」

理惠醫生靠在椅背上，大大地伸了個懶腰。

「唔……我們對話這麼彆扭，難道是因為你不是我懷胎十月、經歷疼痛生下來的關係嗎？忍也經常怪我，說我雖然是接生嬰兒的專家，但是在養兒育女這方面，比外行人還要糟。」

「沒有這回事。」我反射性地回應，說完才發現這話毫無根據。因為我並不知道理惠醫生在家是個怎樣的母親，這不是我該說的話。

這時，漆黑的螢幕亮起，叮鈴一聲，出現「鬼臉」先生勤奮地帶著一封信，投進電腦信箱的動畫。

「朋友寄信來？」

「不是，是爸爸。」我老實回答，只見理惠醫生臉上的笑容瞬間消失，接著笨拙地微笑：「是嗎？以他而言，還真是勤快呢。」

「並沒有，他的信有百分之九十九都是報告早餐吃什麼。」

「他還是老樣子，除了自己的專業，其他一竅不通。」

理惠醫生吃吃一笑，接著想起什麼似地說：「機會難得，我們要不要拍張紀念照寄給他？」

理惠醫生的提議令人驚訝，但也因為這樣，我能夠順勢說出一直想問的問題：「妳為什麼跟爸爸離婚了？」

理惠醫生看著我，沉默片刻，才開口說話：「我不記得了，不知不覺間，似乎就只剩下這條路可走。可以確定的是，他轉調到麻州，我們變成遠距離夫妻分開生活，但那並不是我們離婚的原因，我到現在還是很喜歡他。」

「那您跟爸爸再婚就好了啊。」

「事情沒這麼單純，而且現在我也有伴侶了。」

我腦中浮現聖馬利亞診所穿白袍的院長身影。「是診所的院長嗎？」

「不是像三枝醫生那麼厲害的人，只是一個有點隨便、個性吊兒郎當的人。不過，他的吊兒郎當有時候可以拉我一把……」理惠醫生輕嘆了一口氣，露出微笑。

大人的世界太複雜了。

這時，忍闖了進來，門也沒敲就直接入內。她迅速掃視房間一圈，搖頭說：

「天哪，有夠亂。」接著快速切換情緒：「午飯準備好了，趕快下來客廳。」

忍離開後，理惠醫生本來就要起身，但又坐了回去：「可以的話，我能看看他剛才寄來的信嗎？」

「當然可以，反正八成不是什麼大不了的內容。」

理惠醫生點開信件，我一直以為又是報告早餐的一行信，沒想到冒出一片文字，嚇了一跳。

我差點忘記爸爸的運氣有多強，平常沒什麼事的時候，他總是懶懶散散，但總能在絕妙的關鍵時機寄信過來，銳利地直指核心。我明明知道，卻疏忽了。

「第一行的確是早餐內容，不過好像不只這樣呢。」

我從理惠醫生後面探頭看螢幕，讀完內容，臉色發青。

✉ Dear Koaru, 今天的早餐是義大利雜菜湯和果醬吐司。

爸爸讀了你前些日子的信，決定採取行動。我透過電郵，從協助你、也是你信賴的佐佐木同學那裡得知狀況了。直接說結論，高階校長和田口教授的決定和應對，在這個狀況下緩不濟急，必須火速行動才行。你讀到這封信之後，立刻前往東城大學醫學院，參加緊急會議。詳情我剛才已經寄信指示佐佐木同學了。Shin

「『這個狀況』是指什麼？」

我猶豫了一下，立刻決定說出一切。我心想，祕密就是像這樣逐漸不再是祕密了。這時，門粗魯地打開來：

「你們在拖拖拉拉什麼啊？山咲阿姨特地準備的飯菜都要涼了！」

忍大發雷霆，理惠醫生微笑著站起來。

「對不起，我馬上過去，」她一邊說，一邊看向我，「我們邊吃邊談吧，吃完飯後，你馬上照著他說的做。我第一次看到他這麼著急的樣子，他是個天塌下來都不動如山的人呢。」

看到滿桌菜色，理惠醫生開心地歡呼：「哇！紅味噌湯和醃銀鱈！都是我愛吃的。」

「當然，我已經十五年沒有跟妳一起吃飯了呢。」

理惠醫生雙手合十說「我開動了」，端起味噌湯碗。

「真好喝，媽媽煮的紅味噌湯果然是世界第一。」

忍鼓著腮幫子說：「媽媽真過分，居然自己先開動，我們都在等妳耶。」

「啊，對不起，因為太懷念了，忍不住……」

「理惠跟以前完全一樣呢。」山咲阿姨溫婉地笑道。

山咲阿姨的話讓三人心頭一陣暖，我們開始用餐。

我隨口說：「好難得吃日式料理喔！」

沒想到，山咲阿姨歪起頭說：「小薰小時候說想要跟爸爸吃一樣的東西，所以我都參考每天收到的信件內容，結果不知不覺間變成以麵包為主了。」

「從明天開始，您煮日式料理也可以。」我說。

「你那是什麼傲慢的口氣？要拜託人家不會禮貌一點嗎？哥哥。」

我說的每一句話似乎都會觸怒忍。不能跟理惠醫生一起生活雖然很可惜，但不必跟這丫頭一起住，真是太好了。而且每次她叫我「哥哥」，都讓我感到渾身不對勁，背脊發涼，大概是因為她刻意強調──她只是形式上這麼叫的緣故吧。

「媽媽煮的菜最棒了，對了，薰，剛才信裡說的極機密問題是什麼？」

「呃，好像是『埃克斯托拉歐迪那利』的問題……」

「Extraordinary.」忍用宛如母語人士的漂亮發音糾正我。

什麼，這丫頭連英語都這麼溜嗎？感覺跟美智子的對決是精彩可期了。

「東城大學發生了這種非比尋常的狀況，而我身陷其中。」

「天哪，哥哥真是學不乖。」忍語帶諷刺，但我不想理會她。

我比想像中更流暢地說明了有關「生命」的一連串混亂，大概是因為我剛寫了報告寄給爸爸的關係吧。聽完後，山咲阿姨說：

「難怪小薰畢業旅行回來後，就整天往外面跑。我還以為你在東京去了迪斯

可還是俱樂部、酒吧之類的不良場所，學壞了呢，這下總算稍微放心了。」

「對不起，害阿姨擔心了，可是我們說好不可以告訴別人。」

我朝忍瞄了一眼，她正尷尬地扭動著身體。在東京去了酒吧之類的不良場所是事實，但把我帶去的就是在山咲阿姨面前裝乖小孩的忍。

太好了，又抓到她一個把柄了。

聽完報告，理惠醫生說：「既然如此，我可以參加那場會議嗎？」

「咦？可是東城大學以外的醫生突然跑去，有點……」

「如果伸一郎知道我在這裡，一定也會叫我參加。剛好，你把我們的合照寄過去，順便問他一聲吧？如果他說不行，我就不去。」

理惠醫生的思考速度之快，讓我有點措手不及。她做決定的速度媲美爸爸。

「咦？要寄我們的合照給『可能是我爸爸的人』嗎？好啊好啊，順便把『可能是我爸爸的人』的信箱也告訴我。」忍活潑地說。

✉薰↓爸爸，現在媽媽和妹妹忍來到我們家，附件是我們的合照。對了，您剛才說的極機密會議，媽媽說她想參加，可以嗎？

附上照片後，忍戳我的肩膀叫我「走開」。然後粗魯地推開我，坐到椅子上，運指如飛地打字。

PS：幸會，我是忍，下次我可以寫信給您嗎？

然後她擅自在副本填上自己的信箱，寄了出去。喂！

眾人盯著黑色的螢幕好半晌，整整一分鐘後，傳出叮鈴一聲，收到回信了。在如此複雜的狀況中，爸爸依然速度飛快。爸爸真是個厲害角色。

✉幸會，Shinobu（忍）。能夠和妳連繫，我很開心，當然很歡迎妳寫信來。

關於山咲醫生的要求，我正希望成員裡有個婦產科醫生，因此希望她務必加入。我也會轉達佐佐木同學。Shinobu 沒有參加會議的資格，但我會順便請佐佐木同學幫忙想辦法。謝謝你們傳來的合照，把 Shinobu 照顧得這麼好，謝謝妳。Shin

爸爸的信有點混亂，不曉得對象是在寫給誰。其實他應該相當手足無措吧。我覺得好像第一次看到了爸爸像普通人的一面。

「看吧，就跟我說的一樣。那我們立刻出門吧！那個總是泰山崩於前而色不變的人，居然會思路打結，看來狀況真的非常『Extraordinary』。我們得迅速行動才行。」

理惠醫生說完便站起身來，山咲阿姨仰望她說：「辦完事要回來喔，我會煮好晚飯等大家。」俯視著山咲阿姨的理惠醫生沒有說話，只是微笑以對。

第11章

5月8日(一)

邏輯怪物降臨。

我們搭乘計程車抵達山上的東城大學醫學院，理惠醫生俐落地指揮司機如何開到橘色新館。不愧是校友，她看起來對校園瞭若指掌。

我們走戶外緊急逃生梯到三樓，打開門，看見「生命」正坐在地上。忍驚呼：「哇！那是什麼東西？」引來眾人側目。美智子、痞子沼、三田村、佐佐木、翔子阿姨這些IMP成員，還有赤木兄妹、若月護理長的幫手等人齊聚一堂，連田口教授和高階校長都來了。

美智子抗議：「你幹麼把那個女生帶來？你不是說要嚴格保密嗎，薰？」

「對不起，情勢使然。」

「是我向薰的父親尋求建議，錯在我身上，請妳諒解。」佐佐木學長說。

「咦！既然是佐佐木學長決定的事，那就沒辦法了。」聽到崇拜的佐佐木學長這麼說，美智子的態度頓時轉變。

「嘿？這就是傳說中的『生命』嗎？是啦，真的是很『巨大』呢。」

或許是因為震驚過度，忍自己都沒發現，她忘了戴上乖寶寶面具，說話口氣粗俗。

理惠醫生有點意外地看著這樣的忍，但隨即禮貌地向在場的師長們寒暄：「久疏問候了，我是畢業校友山咲理惠，在東京笹月開一家婦產科診所，我和小兒科的副島副教授是同期。這是我女兒忍，今天我們本來去曾根崎家做客，老朋友曾根崎教授請我來參加會議，所以我才會過來。以前我上過高階老師的特別課程，深受啟發。田口醫生的不明病症傾訴門診我也聽聞風評很好，一直持續到現在呢。」

理惠醫生以東城大學校友身分得體地寒暄，並且不著痕跡地連忍都介紹了，真有一套。

田口教授也向理惠醫生介紹其他人，接著清了清喉嚨，開始說話：

「我們直接進入正題吧，麻省理工學院的曾根崎教授建議我們，最好盡快公開『生命』的存在。因此我想徵求大家的同意，在連假過後召開臨時教授會。為了準備提案，才會在連假中請各位相關人士過來。」

「我是婦產科醫生，請讓我趁各位討論的時候，診察一下『生命』。」理惠醫生說。

「山咲醫生是人類的醫生，就算檢查這孩子，也看不出什麼名堂吧？」

聽到美智子的異議，理惠醫生微笑說：「我聽曾根崎說，妳是這孩子的主要照顧者。我一個人進行診察有點沒把握，希望妳能協助我，可以麻煩妳嗎？」

「咦？嗯，當然好。只要是為了這孩子，我什麼都願意做。」

美智子的態度一百八十度翻轉，不愧是理惠醫生，應付忍的時候也是，簡直是馴獸師大顯身手。

美智子和理惠醫生走近「生命」，「生命」看到陌生的理惠醫生，吸了一口氣，準備放聲大哭，但美智子立刻上前輕拍他的身體。於是「生命」咻地吐氣，吸吮拇指，喊了聲「媽媽」。

其他人確定「生命」沒問題之後，開始討論。第一個發言的是赤木醫生：「一個校外人士的建議，就搞得東城大學兩位高層方寸大亂，實在太難看了。我認為應該依照校長最初的裁定，以三個月為期，穩健準備就行了。」

高階校長搖搖頭說：「曾根崎教授說既然遲早都要公開，越快越好，他的警告不容輕視。聽到他的建議，我才驚覺這件事的嚴重性，看來我也有些老糊塗了，反正這個新物種生命體遲早都要公諸於世，只是把時程提前而已。」

美智子在遠處聽到這話，立刻提出訂正：「他不是生命體，是『生命』。」

「對於『生命』的安排，如果教授會的決定和高階校長的決定相互抵觸，事先是否和ＩＭＰ成員協商，就顯得格外重要了。」赤木醫生說。

「這個狀況和之前說好的不一樣！」美智子抗議。

赤木醫生看向她說：「我明白妳的感受，但你們的要求，在醫界是行不通的。現在的研究標準是依據國際通則，不會優先考慮國內做法。」

聽到赤木醫生的話，美智子沉默了。這時新來的忍回嘴說：「要是你以為可以賣弄一堆唬人的詞彙讓國中生閉嘴，那就大錯特錯了。這個女生說的可是世界人權宣言的基本理念，保護孩童免受大人的私情傷害。」

赤木醫生驚訝地看向忍，但他立刻冷靜地反駁說：「我不知道什麼世界人權宣言，但人權是用在人身上的，不適用於新物種。」

「醫生，您這是此地無銀三百兩，日本生理學會在十四年前，公布了一份〈關於動物實驗〉的學會聲明，裡面提到『研究者就和一般人一樣重視動物的生命，因此在進行實驗時，必定會考量動物福祉與人道待遇』，這和醫生的觀點南轅北轍喔？」

忍抿脣一笑，自信地望著方寸大亂的赤木醫生。

「忍，妳適可而止，別忘了，妳是沒有發言權的觀察員。」理惠醫生在遠處出聲告誡。

「我們歡迎直抒胸臆，盡情討論。不過進藤同學，請妳也體諒一下赤木醫生的心情。赤木醫生說的，是醫學界普遍的意見。」

聽到高階校長的話，美智子收起矛頭，忍也閉嘴了。

理惠醫生也結束對「生命」的診察，走回來鞠躬行禮說：「小女沒大沒小，真是抱歉，但希望各位可以體諒她的想法。我來報告一下關於『生命』的檢查結果。『生命』顯然是不同於人類的另一種生命體，有五項明顯的特徵。一，體格巨大。現在他已經長到兩公尺四十五公分，過去從來沒有聽過這麼巨大的案例。二，成長速度驚人，根據三田村同學的觀察日記，他在孵化隔天就會坐，第四天就會爬，但現在過了兩星期，語言還在喃語階段，成長速度並不穩定。三，沒有生殖器官，因此生殖形態不明。四，只攝取水果，不攝取動物性蛋白質。五，沒有排泄孔，所以應該有特殊的消化系統，我斷定這在動物學上是特異物種。綜合以上幾點，這是不屬於既有生物學體系的全新物種，需要醫學上的徹底調查。」

聽到理惠醫生的話，眾人都倒抽了一口氣。我心想，不愧是爸爸的太太。

田口教授和高階校長覺得自己只是被找來幫忙的，而赤木醫生滿腦子只有研究。簡而言之，雖然這裡有許多醫生，但完整為「生命」做檢查的，目前就只有理惠醫生一個人。

「也就是說，『生命』是外星人嗎？」美智子提出疑問。

「『蛋』是在洞穴裡發現的，我覺得反而更有可能是地球的古代特有種。」

高階校長如此總結，讓原以為毫無建設性的會議不知不覺間圓滿結束了。

今天的會議，唯一的收穫是理惠醫生的診察結果。但這並未回應爸爸的緊急要求，而且爸爸事前根本沒有告訴我們，應該要具體討論些什麼。

美智子從剛才就一直在偷看這邊，她立下決心似地走了過來，向我旁邊的忍道謝：「剛才謝謝妳伸手解圍。」

「我不是刻意要救妳，只是那個醫生的話太過分了，我情不自禁想要反駁而已。」

「但我還是很感謝妳，因為妳為了保護『生命』，挺身發言。」

忍羞赧地微笑了一下，但立刻又換上冷漠的口吻，改變話題：「對了，你們要讓他這樣一直光溜溜的嗎？」

「我們很想幫他做衣服，可是他長得太快了，根本來不及打版。」

「真笨，拿一條大被單，中間剪開個洞，套在頭上就行啦。」

「對耶，就像妳登台表演穿的斗篷那樣，謝謝妳告訴我這麼棒的主意。」

美智子跑回「生命」旁邊，用被單做了件急就章的斗篷，套在「生命」的身上。「生命」起初反抗了一下，過了一會兒，就心滿意足地叫了聲「媽媽」。遠遠地看起來，他就像個巨大的晴天娃娃。但是我沒吭聲，總覺得如果說出來，肯定會吃上美智子和忍的雙拳攻擊。

這時，三田村走到我旁邊，扭扭捏捏地似乎有問題想問。我意會了他的想法，主動開口說：「我來介紹，她是我的雙胞胎妹妹，忍。」三田村聽完，彬彬有禮地招呼說：「幸會，我叫三田村，將來要讀醫學院。」

「哦？你就是三田村啊？」忍說完，抿脣一笑。我內心七上八下，深怕冒用假名的事被說出來。

接著，三田村向理惠醫生行禮說：「下次請讓我去參觀醫生的診所。」

「當然好，歡迎歡迎。聽說你幫了薰很多忙，以後也請你多多照顧他囉。」

不知為何，竟然是痞子沼挺胸接話：「沒問題，交給我！」

我心想：「你誰啊？」

就這樣，一群人和樂融融地寒暄對話之後，大家就原地解散了。

理惠醫生和忍跟我一起回家，簡單地吃了晚飯。在玄關時，山咲阿姨對理惠醫生說：「只回家草草吃飯就匆匆出門，讓我想起以前的妳呢。」

「抱歉，媽，下次我會待久一點，而且我現在加入東城大學的研究團隊了，或許會經常回來。」

「什麼時候回來都可以，別客氣，這裡就是妳家啊。」

臨別之際，忍一把抱住山咲阿姨。山咲阿姨有點驚訝，但她也馬上回抱了忍，輕輕拍了拍她的背，這個畫面讓我想到美智子哄「生命」的樣子。

「小忍也要再來喔，我和小薰隨時歡迎妳來。」

兩人離去後，山咲阿姨低聲地說：「女孩子果然好可愛呢。」

我在內心嘀咕「不好意思喔，我就是個粗野的臭男生」，總覺得很不舒暢。

突然來襲的兩個女生，在我的心中留下某些事物，然後就離去了。

∴

五月八日星期一，在黃金週結束的這天，舉行了臨時教授會。

我做為國中生代表出席，佐佐木學長也陪我一起，令人放心。

這次的教授會也請來了幾名外部專家，「神經控制解剖學教室」派出講師赤木醫生，橘色新館則是由如月翔子護理長出席，幾位都是熟面孔了。會議開始前，我和佐佐木學長在校長室等待。

「開會前很無聊，想要找個伴聊聊，卻沒有人想理我。」高階校長先是語帶埋怨地說。接著，他說了令人擔心的話：「對了！其實藤田教授說他也想找專家過來，我們自己找了許多專家，也不好意思拒絕他。藤田教授和你們的因緣不淺，所以想先跟你們說一聲。」

聽起來，藤田教授甚至沒有告訴校長，他邀請的來賓會是誰呢？佐佐木學長喃喃說「真麻煩」。

「既然你們都來了，喝杯茶，吃個點心吧。只有我一個人，這些東西實在消耗不了。」一看就知道是超高級糕點，我嚥下口水，正準備伸手開動，這時敲門聲響起。

「校長，開會時間到了。」門外傳來女聲說。

「真可惜，點心只能等下次再吃了。那麼，我們走吧。」高階校長起身走出辦公室，我跟在高階校長和佐佐木學長後面。

會議室裡面，教授們正在閒聊。我一進去，一名黑西裝男子便靠了上來。

「齁？齁？原來曾根崎同學還在東城大學啊，之前捅出那樣驚天動地的婁子，竟然還沒學到教訓，想要投稿《自然》，真是人不可貌相，臉皮厚得嚇死人呢。」

綜合解剖學教室的藤田教授這席話，說得我頭皮發麻。這個人怎麼會知道我們想要投稿《自然》？總有一股非常不妙的預感。

在高階校長招呼下，教授們各自坐下，我也看到白鬍鬚的草加教授和一臉呆愣的田口教授。遠處正和穿著條紋西裝的三船事務長閒聊的人，就是傳說中的沼田教授嗎?而雙手環胸、安靜地閉目養神的,是外科的垣谷教授。
教授席呈ㄈ字型排列,來賓們坐在空著的下座。我坐在右邊,旁邊坐著佐佐木學長、翔子阿姨和赤木醫生,我的對面則坐著一名陌生女子。
女子一身鮮紅色套裝,口紅也是大紅色,上下一身紅,相當招搖。雖然打扮很年輕,但實際上應該有四、五十歲了,感覺就像偶爾會在街上看到的,那種年齡撲朔迷離的大嬸。
高階校長負責開場:「今天召集各位前來,是因為有個問題必須緊急討論,詳情我們請『神經控制解剖學教室』的赤木講師為大家說明。」
身著白袍的赤木醫生一邊說「我用幻燈片說明」,一邊拉上窗簾,室內變得一片陰暗,投影機亮起,白色螢幕映出了那顆「蛋」。
「這顆『蛋』在四月中旬被發現,大小近一公尺半,是目前已知的蛋當中尺寸最巨大的。一星期後,它孵化出一個人型的大型新物種。」
幻燈片切換,出現「生命」的身影,會議室裡一陣嘩然。

「發現者將其命名為『生命』，『生命』為卵生，與人類不同種。周邊沒有雙親的痕跡，同時有一些特異的特徵，像是缺少生殖器官、沒有排泄孔。只要將這些發現整理出來，極有可能產出多篇登上《自然》的論文。」

我偷瞄了藤田教授一眼，他一臉滿不在乎，對照先前汲汲營營於論文的「影響力指數」，此刻他的反應太不自然了。

赤木醫生繼續說明：「現在『生命』被安置在橘色新館三樓的特別室，在校長裁示下，針對『生命』的研究全面暫停。今天召集各位醫生與會，就是希望共同討論對於此一新物種，本校應當採取何種立場應對。」

赤木醫生說明完畢，坐了下來，向來自信十足的他，此時也露出鬆了一口氣的表情。

「各位有什麼問題嗎？」高階校長說完，立刻有人舉手，舉手的人正是藤田教授。

藤田教授被允許發言，他清了清嗓子站起來：「這個新物種是在東城大學的校地外面發現的，是誰、什麼時候決定把校外的生物帶到橘色新館安置的？」

赤木醫生看起來有點緊張，高階校長開口：「田口教授找我討論，我和教授協商之後，由我決定安置在橘色新館，做為臨時處置。」

「齁？齁？是校長特別裁示啊，確切時間是什麼時候送到橘色新館的？」

「四月二十一日，記得是在中午過後。」橘色新館的護理長翔子阿姨補充回答。

「奇怪了，這個時間，大學應該開學了，為什麼不立即召開會議呢？」藤田教授咄咄逼人地提問。

翔子阿姨不說話了，換田口教授開口救場：「是校長決定的，高階校長會做出這樣的權宜措施，是認為在毫無資訊的情況下，就算召開教授會討論，也會因為資訊不足，無法討論出結果。」

「齁？齁？聽起來合情合理，但也可以說是不把教授會放在眼裡，專斷獨行。好吧，這一點就先不追究了。我確認一下，今天的會議，目的是要討論醫學院要如何處置那個新物種，直接了當地說，就是要訂定關於這個新物種的實驗指針，對吧？」

不對！——要是美智子在場，一定會當場反駁。而且她肯定會用更偏激的說法反駁，我突然很慶幸美智子此刻不在現場。

田口教授平靜地說：「大致上就是如此，機會難得，可以請藤田教授說說你的意見嗎？」

「齁？齁？沒想到能在這時候得到發言權，田口教授真是人如其名，公平。」

「牢騷也很多[7]就是了。」底下傳來一道粗厚的嗓音插話，引起滿堂笑聲，發言的是外表就像浪人野武士的外科醫師垣谷教授。

藤田教授輕咳了幾聲：「既然榮獲指名，我就說幾句個人的感想。接收新物種的過程問題重重，但我就不再指責已經發生的錯誤，而是做出積極的提案。我認為應該由教授會指定新物種的照顧及研究負責人，照顧方面，目前是橘色新館二樓護理部，研究則是由『神經控制解剖學教室』的草加教授指導，赤木講師在第一線處理。照顧部分，我認為維持現狀就可以了，但研究負責人應該要換人，在下藤田毛遂自薦擔任這項職務。」

「這話的意思是，你認為由我帶領的體制不夠完善？」白鬚仙人草加教授睜開一雙細眼說。

「草加教授的研究以形態觀察為主，對於新物種，以非侵入性的檢查為前提。在下藤田將容許最基本的侵入性檢查，進行以分子生物學分析為主的研究。這一定能為全世界的生物學研究領域帶來新的知識，希望高階校長能英明裁示。」

一聽就知道，藤田教授想要搶走研究素材，坐在我旁邊的佐佐木學長提出反駁：「我是佐佐木，就讀東城大學醫學院四年級，我反對藤田教授的意見。『生命』的研究限定於『非侵入性』手法，赤木醫生正在這樣的框架中摸索研究

7. 譯註：田口教授的姓氏「田口」（Taguchi），與日文的牢騷（guchi）音近。

計畫。」

貓頭鷹魔神藤田教授聽了之後，立刻駁斥：「齁？齁？佐佐木同學因為無法適應『綜合解剖學教室』而離開，後來被草加教授的教室收留了，沒想到口氣竟然變得這麼大。你和委託研究員桃倉之前馬馬虎虎做研究，論文遭到撤銷處分，損害了東城大學的名聲。若是把這種人提的意見當成東城大學的研究指針，會是學術理論的一大危機，請把他的發言從會議紀錄中刪除。」

瞬間，熊熊怒火竄遍我的全身，我差點要撲上去揪住藤田教授。但是我的身體動彈不得，因為一旁的佐佐木學長按住我的肩膀，制止了我，我可以感覺到他的手正在顫抖。

這時，一道悠閒的聲音響起：「佐佐木同學是應我邀請出席的來賓，我以校長權限，駁回刪除發言的動議。田口教授，請把佐佐木同學剛才的發言留在紀錄裡。」聽到高階校長的話，佐佐木學長的手放鬆下來，坐了回去。

高階校長繼續說：「藤田教授或許有許多想法，但你身為教室主持人，希望你能以更開闊的胸襟來應對。」

「齁？齁？高階校長身為校長，為了讓誤入歧途的青年有機會更生，甚至不惜扭曲學術殿堂的正義嗎？很好，那麼我們來請教視野比校長更開闊的人士吧。我來介紹，今天我請來擔任與會專家的這位人士……」

他話還沒說完，坐在我對面的一身紅小姐就聞言起身：「我自己來自我介紹。我叫小原紅，是文部科學省學術教育室特別學制企劃室的臨時室長，部下都叫我『Scarlett』。」

聽到她的名字，我心頭一驚。這人不就是爸爸說過提出奇怪的委託，請他把潛能測驗的難度設定在全國平均成績三十分的文部科學省古怪女官員嗎？

小原女士接著說：「或許會有人以為我這個綽號『Scarlett』是來自於我的名字『紅』（scarlet），其實並非如此。我姓小原（Ohara），綽號叫Scarlett，大家想到了嗎？沒錯！就是畢生只寫過一部小說的作家瑪格麗特·米契爾（Margaret Mitchell）的不朽名作《飄》的女主角——郝思嘉（Scarlett O'Hara）。事實上，郝思嘉的個性和造型，完全就是參考我，以我為創作原型。」

她這是在顛倒是非吧！年約五十的大嬸，怎麼可能是戰前名著女主角的創作原型？簡直是胡說八道，眾人聽了都目瞪口呆。

小原女士語氣冷淡地接著說：「推動『文部科學省科學研究費B・策略性未來展望計畫』時，我們請藤田教授提供了許多協助。這原本是個很有希望的計畫，卻因為東城大學的處理方式不成熟而挫敗，實在令人萬分遺憾。但奇妙的是，當時的三個當事人都在現場，這真是令人驚奇的巧合。」

小原女士瞥了我一眼，我覺得彷彿一把冰刀插進我的心臟。

「我終於理解東城大學低迷不振的原因了，明明得到如此珍貴的材料，卻採取遲鈍的應對方式？要是美國的研究霸主麻省醫學院，早就在《自然》刊登出十篇 rapid report（速報），引發全球熱議了。藤田教授就是對東城大學這樣的現狀感到憂心，才會邀請我做為觀察員參加，這樣的速度，才稱得上世界標準。」

田口教授反駁說：「這次會議，就是麻省理工學院賽局理論的專家曾根崎伸一郎教授建議召開的。」

「曾根崎教授很聰明，但很可惜，他只是打造虛構世界的理論型學者，在這次的事情上，他做出了離譜的判斷。」

聽到有人說爸爸的壞話，我一陣惱怒。什麼「紅衣女子」？她根本是「犯規紅牌女子」。我反射性地站起來：「幸會，我就是在妳設計的跳級制度中，以國中生身分進入東城大學醫學院，製造了一堆麻煩的罪魁禍首——曾根崎薰。」

「哎呀，你比照片上看起來更天真幼稚呢。小朋友，你的事，藤田教授都一一向我報告了，我對你瞭若指掌。」

「那麼，妳是明知道那次測驗的出題者曾根崎伸一郎是我爸爸，還說了剛才那些話嗎？」

「你是曾根崎教授的兒子？不敢置信！藤田教授的報告書裡面完全沒有提到這點。」

「呃，不，我以為您早就清楚……」藤田教授明顯地亂了陣腳。

但他說的這個理由，就連我也能同意。畢竟「曾根崎」這個姓氏並不常見，連續看到的話，一般人都會懷疑是否有親屬關係，而且只要稍微查一下，應該馬上就知道我的父親是誰了，難不成這個人其實很糊塗……？

不愧是作風怪異的紅色女子，她立刻振作起來：「我們要討論的是未來的事，過去的問題就先擱下。我直接說結論吧，關於本研究，基本架構全交給藤田教授打造，這不是我個人的決定，而是文部科學省的決定。」

嗚！居然會殺出比東城大學的王牌高階校長權限更高的程咬金，壞蛋貓頭鷹教授的城府之深，實在令人恐懼。

當下，我腦中想到的是美智子怒不可遏的表情，她要是聽到這個結論，絕對會歇斯底里，暴跳如雷——「薰，你居然就這樣任人宰割，傻傻地跑回來，真是爛透了！所以我就說應該讓我出席的！算了，再召開一次臨時會議，我去說服大家！」美智子的唾罵一氣呵成地在腦中重播。不，這不是重播，是預測嗎？神經元的可能性真是無限大啊！不過，現在可不是能夠悠哉地想這些事的時候。

眼前，接受上級大老委託的居然是壞蛋藤田教授，這是窮途末路的大危機。可是我們的守護天使高階校長和田口教授並未驚慌失措，我以為他們已經放棄了，沒想到高階校長卻說：「看來遇上所能設想到的最糟糕狀況了，情非得已，田口教授，麻煩你了。」

田口教授深深嘆了一口氣，取出手機，點了一下。

結果後方的門打開來，一名穿西裝的男子自己配上「鏘」的音效走了進來。他穿著一身像是萬里無雲晴空般的藍色西裝，裡面搭配夕陽般火紅的襯衫，打著銀杏黃的領帶。一見到穿著「三原色」服裝的人，小原女士不知為何，突然冒出一口道地的關西地方腔：「你、你怎麼會在這裡？」

「沒辦法啊，田口醫生來找我幫忙時，我就料到『哈哈，藤田醫生的王牌一定是小原』，不是我要說，妳還真是大言不慚呢，但妳跟在機研時一樣，一點天分也沒有。我不是教過妳好幾次了嗎？七對寶牌單騎是很炫，可是效率太差了。」

說完，三原色魔神就轉身換了方向，朝向教授們：「我來解釋一下，機研指的是帝華大學麻將社『機率研究會』，社團全盛時期的黃金牌搭子後來成了在中央政府稱雄的四人，財務省的高嶺、警察廳的加納、文科省的小原，以及厚勞省的我。對了，小原打牌總是敬陪末座，哭哭啼啼。」

「沒禮貌！我在機研的戰績是三二九勝五七〇敗，的確是輸的比贏的多，但你也是半斤八兩……」

「呃，請問這位先生是……？」藤田教授插嘴提問。

我想會議室裡面有一半的人都有著相同的疑問，順帶一提，剩下的一半則是已經皺起眉頭，應該是早就認識這個人了吧。這名胖男子的打扮在另一種意義上和紅色女士一樣招搖，熱愛《厲害達爾文》的我當下在內心吐槽：「你以為你是天堂鳥嗎？」

那個人深深一鞠躬，說：「是我疏忽了，因為與會人士大部分都是熟面孔，所以不小心忘了自我介紹。敝姓白鳥，任職於厚生勞動省，東城大學危機管理委員會的委員長田口教授，邀請我來參與本次異常事件的討論。我有許多頭銜，各位可以上厚勞省官網，用喜歡的頭銜稱呼我。對了，我的代號叫『食火雞』。」

原來不是「天堂鳥」，而是「食火雞」嗎？我腦中冒出《厲害達爾文》粉絲會有的感想。可惜的是，在場沒有其他人可以讓我分享這個心得。

「我代表執掌醫學研究的政府監督機關厚勞省，撤回剛才文科省小原室長的專制決定。」

「你有什麼權限這樣干涉我們的決定？」

「妳還是一樣不聽人說話呢，小原。我不是說了嗎？厚勞省有監督大學醫院的權限。」

「你少瞧不起人！這是我們文科省依監督大學機關的權限做的決定！」

「小原，妳都多大年紀了，好像還是弄不懂政府機關的基本原則。如果有兩個名稱，就像猜拳一樣，比較厲害的是後出的那個。也就是說，如果叫『大學醫院』，後面的『醫院』比較強。」

雙方針鋒相對，你一句我一句。最後，闖入者三原色魔神，用這一句話擊倒了橫行霸道的紅牌女士。

「你給我記住！今天是我準備得不夠充分，所以暫時先撤退，但我很快就會帶著正式命令回來！到時候——白鳥，我跟你全面開戰！」

「就算撂話『給我記住』，也沒有哪個白痴會真的記住啦。倒是小原，我跟妳搭檔的話，就是紅白配，超吉利的，咱們不要再針鋒相對，和睦相處吧！」

「開什麼玩笑，誰跟你紅白配！我才不要被別人當成你這肥仔的夥伴！」

紅牌女士撂下話，站了起來，準備離開。原本盛氣凌人的她，形象徹底崩壞。她在門口回頭，低喊了一聲：「藤田教授。」接著用力揚起下巴，示意叫人過去的動作。藤田教授就像個發條人偶般彈起來，跟在小原女士後面，匆匆走出會議室了。

會議室的空氣瞬間鬆弛下來。

接下來的三十分鐘，成了白鳥先生的個人秀，讓人體認到他「食火雞」的綽號當之無愧。能言善道、八面玲瓏的白鳥先生同意校長的決定，並且讓教授會議同意部分實驗手法，最後一氣呵成地決定，三天後東城大學要針對「生命」做出官方說明。

這些決定，無論是身為ＩＭＰ代表的我，或是在我背後監視的實質老大美智子，感覺都很妥當。

「唔，就先這樣吧，以田口醫生和高階校長來說，今天表現得還不錯，勉強及格。不過如果可以的話，希望你們能夠自己處理，不要老是指望我幫忙。因為對手可是那個小原啊？連那種程度的對手都搞不定，未來真是堪憂。」

田口教授露出打從心底厭煩的表情，看到他這副模樣，原本在我心中建立起來的「彬彬君子」形象轟然倒塌。

臨時教授會結束後，白鳥先生、田口教授和高階校長一起離開了。在我眼裡，看起來就像是牧羊犬白鳥先生驅趕著兩名順從羔羊的教授。

問題暫時解決，我小聲說「好厲害的幫手」，隔壁的佐佐木學長皺眉忠告：

「他的綽號叫『邏輯怪物』，一個不小心，就會被他打得體無完膚，你要小心。」

居然連佐佐木學長都對白鳥先生沒有好感，讓我感到有點意外。

雖然臨時教授會突然變成一場熱烈的煙火大賽，但最後就像仙女棒一樣，雷聲大雨點小地結束了。至少結論是維持現狀，明天不會挨美智子的罵，讓我放下心中大石。

但我忘了最重要的一件事：這次會議，是素有「隱形機伸一郎」之稱的爸爸要求召開的。爸爸既然都緊急要求開會了，像這樣溫吞維持現狀，當然不可能會有好結果。

果不其然，接下來的發展就如同驚天海嘯，一口氣吞噬了樂天的我們。

第12章

5月11日（四）

黎明之前

最為黑暗。

臨時教授會結束之後的第三天，五月十一日，東城大學醫學院高層召開了官方記者會。

高階校長、田口教授、草加教授，還有身為ＩＭＰ代表的我，一字排開坐在台上。

許多媒體到場，麥克風林立，看到這個陣仗，我的心理創傷彷彿又回來了。但事情已經過了一年，傷口理論上應該要痊癒了才是，而且這次主講者是高階校長，讓人安心。

從台上一眼望去，我看見櫻花電視台的墨鏡導播、白襯衫綠臂章的《時風新報》科學部村山記者。但沒看到痞子沼喜愛的女記者——大久保梨里。

曾根崎團隊的成員今天也請假前來旁聽，美智子是為了前幾天我在會議的思慮不周感到生氣，不放心而來；痞子沼是懷抱著或許可以見到大久保梨里的不正當企圖；三田村則是對東城大學的正式醫學回應感到好奇萬分。每個人各懷心思，都有充分的理由和動機請假來參加記者會。

我有點緊張，因為總是陪著我的佐佐木學長竟然不在。他出了什麼事嗎？一抹不安掠過胸口。

這時，女主持人宣布記者會開始。「首先，由東城大學醫學院特殊研究公關室的田口教授為各位報告，發下去的資料，是『東城大學醫學院對新物種的處理方式』的綱要。」

田口教授平淡地讀出資料內容，這是我第一次聽到田口教授的部門名稱。猜想是因應這次的記者會，由高階校長緊急設立的吧？前幾天的會議若是走錯一步，現在主持這場記者會的人可能就是藤田教授了，想到這裡，我的內心不禁發毛。

當我正想著這些時，會場後方的門突然打開，只見紅衣女士小原和穿著黑西裝的藤田教授連袂登場，我嚇到心臟差點停掉。

兩人看著台上的我們，在最後一排坐下。緊接著，另一邊的門打開，服裝色彩對比搶眼的胖男人現身，是厚生勞動省的食火雞白鳥先生。

我鬆了口氣，感覺只靠田口教授和高階校長兩人，或許無法制止小原女士的失控，但有「食火雞」在場，應該就不會有事了。

小原女士發現白鳥先生也進場了，擺出臭臉。田口教授抬頭，看著底下的觀眾席，說話突然結巴起來。會場的氣氛開始變得熱烈，任誰來看，「生命」都是世界級的大發現，觀眾席的美智子不安地看著我。

她顯得焦躁難安，我非常能理解她的感受。因為從剛才開始，田口教授就一直在說明為了研究「生命」，校方決定了哪些方針。

花了近五分鐘，田口教授的「朗讀」總算結束。再來，進入問答階段，記者席立刻有人舉手：

「我是《時風新報》科學部的村山，這個新物種堪稱是世紀大發現。東城大學對於新物種的措施符合人道而且態度嚴謹，甚至有點過度保護，是不是應該對新物種做出更深入的研究？」

「這次公開的方針，是我們面對這樣的全新狀況，摸索建構出來的大方向。您指出的問題，我們會做為往後的課題，認真研究。」

「Too late（太遲了），就是因為這樣Japan（日本）才無法成為No.1（第一名）。」紅衣女士尖銳地說，站了起來。

「請勿任意發言。」女主持人試圖制止，但失控女士完全不理會。

「我是文部科學省學術教育室特別學制企劃室臨時室長小原紅，請各位指教。既然主持人批判我任意發言，那麼我在此要求正式發言。可以嗎，高階校長？」

「當然可以，東城大學的宗旨是『學術討論百無禁忌』。」

「既然校長同意，那麼我就發言了。但我不是要對東城大學高層的聲明提出質問，而是借用這個機會，正式宣布文科省全新的巨大計畫。」

藤田教授面露冷笑站起來，開始向記者分發資料。最後，他來到台上，也發給我們一人一張紙。

〈文部科學省特別科學研究經費Z・心計畫〉，看到資料上的標題，高階校長和田口教授開始交頭接耳，竊竊私語。小原女士的聲音刺耳地迴響著：

「文科省將新物種命名為『心』，設立了預算總金額一百億日圓的巨大計畫。

本計畫將脫離東城大學的管轄，由內閣府及文科省直轄的聯合團隊主持，是國崎首相親自欽點的特區計畫。」

「沒有東城大學的協助，本研究無法成立。如果交給對新物種一無所知的人員處理這件事，會搞砸一切。」高階校長當場抗議。

「這點不勞您憂心，這個直屬於首相的百億日圓巨大計畫，統籌負責人就是這裡的藤田教授，除此之外，我還要介紹照顧及研究中心的協助人員，請進。」

紅衣女士一聲令下，後方的門再度打開來，兩名男子走進來。看到站在小原女士和藤田教授旁邊的兩個人，我整個人都呆掉了。

小原女士朗聲說：「本計畫的主任研究員赤木雄作先生及佐佐木敦同學，從新物種『心』誕生時就參與其中，熟悉『心』的生態。這兩位將會是本計畫今後的核心，各位有問題嗎？」

佐佐木學長怎麼會跑去他們那邊？這是徹底的背叛，太殘忍了！我用眼神盯著佐佐木學長表示抗議，他卻一副滿不在乎的樣子，右眼冷冷地泛光。

原本應該是東城大學的研究方針發表會，突然之間變成內閣府的巨額計畫發表會，台下的記者們也騷動起來。

《時風新報》的村山記者舉手：「研究主體不再是東城大學的話，據點會在哪裡？」

「會轉移到文部科學省底下的『未來醫學探索中心』。」

我腦中浮現在水平線燦爛發光的玻璃「光塔」。

小原女士瞄了椅子上的白鳥先生一眼，滔滔不絕地說下去：「該中心原本是厚勞省底下的組織，但前些年因為爆發醜聞，改由文科省管轄，佐佐木同學也是那裡的主任負責人。赤木先生為了解開人類最大的謎團『心』，長年穩健扎實地進行研究。本計畫命名為『心』，是因為我們的首要目的，就是從分子生物學、影像診斷及生物學等角度，對新物種進行綜合分析，探索人心的祕密。除此之外，還會與中心的『冷凍睡眠』及『SSS（凍眠學習系統）』等測試配合，一定能夠開啟人類全新的智慧之門。」

小原女士洋洋得意地繼續說下去：「或許會有人批評，新負責人沒有事先向東城大學報告這些變更，違反服務規章。但我要在這裡報告，因為這是首相直屬案件，需要超越法令的處理方式，個人層級無法處理。」

隨後，小原女士開放提問，記者們紛紛舉手。台上的高階校長、田口教授還有我，全都只能束手無策地看著小原女士詳細回應記者的提問。

坐在後方座位的白鳥先生抱著胸膛，滿臉不悅。佐佐木學長則在藤田教授旁邊立正站好，他冰冷泛光的右眼瞪著虛空，始終不肯正眼看我。

台上的高階校長終於舉手發言：「妳說東城大學不再是研究負責單位，但是實際上，『生命』現在是安置在本大學的醫院機關，不可能單獨將研究獨立出來。」

「這一點也不用擔心，『未來醫學探索中心』旁邊已經為巨大新物種蓋了新的安置機構『心房』了。」

「已經蓋好了？」

「沒錯！這是『首相案件』。三天前，得知東城大學的臨時教授會討論結果後，首相立刻要求自衛隊協助，全力趕工，完成了巨大新物種的安置機構，很快就要展開移送作戰了。」

「我身為目前安置『心』的機關代表，嚴正反對未經我方同意就移送。」高階校長說。

「你要反對是你的自由，但這是首相案件，反對也沒用。」

這時，頭戴安全帽的迷彩服隊員突然衝了進來：「報告！巨大新物種移送作戰已經開始，但部隊遭遇新物種的反抗，出現危機，請允許開槍。」

「我不准你們對『生命』開槍！」美智子大喊，激動地站起來，從隊員旁邊衝了出去。痞子沼和三田村也站起來追上美智子，記者們全部跟著跑了出去。

小原女士環顧空蕩蕩的會場說：「我們將會擇日在『心房』舉辦正式記者會及新物種亮相會，今天的計畫發表會宣布結束。」

小原女士帶著藤田教授、赤木醫生和佐佐木，準備離開時，在白鳥先生前面停下腳步。

「如何？認輸了嗎？」

聽到這話，白鳥先生聳了聳肩：「感覺好像遙遙領先就快贏了，卻吃了國士無雙十三面聽雙倍役滿一樣。」

「沒想到你這麼乾脆就認輸，今天怎麼這麼爽快？」

「我本來就是拿得起，放得下。不過我忠告妳一句：『不要相信國崎首相。』他那個人啊！只對成為鎂光燈焦點、和朋友廝混感興趣。就算妳想揣摩上意，巴結他也沒用，最後只會淪落到被他過河拆橋、惹得一身腥的下場。」

「說什麼風涼話啊，輸了就輸了，你嚥不下這口氣嗎？」

「妳聽清楚我的話，我是說，感覺就像在贏牌前一刻吃了雙倍役滿，但可沒說我輸了，根本還沒輪到我做莊呢。」

小原女士冷哼一聲，對著藤田教授、赤木醫生和佐佐木說「我們走吧」，就這樣離開了。記者會形同半路遭劫，高階校長和田口教授呆在台上，但我回神站了起來。

「我們也走吧！好像出大事了。」說完就衝了出去，坐在後排的白鳥先生悠哉地目送我們。

跑出舊醫院大樓之後，我們在土堤路上被身穿迷彩服的自衛隊員擋下來了。稍早離開的人也被攔阻在這邊，只聽到美智子在前頭大聲抗議：「我是『生命』的媽媽！讓我過去！」三田村和痞子沼拚命安撫激動的美智子，而小原女士一行人正悠哉地經過一旁。

美智子涕淚縱橫地轉身向我求助：「薰，你想想辦法啊！佐佐木學長瘋了！」

佐佐木學長居然變節，我也很驚訝，完全不曉得該如何是好。明明佐佐木學長一向都是站在我們這邊的啊！他到底發生了什麼事，還偏偏投靠了藤田教授？

「果然是見錢眼開吧！一百億日圓這個數字太誘人了嘛！」痞子沼對著走在前面的四人大聲怒斥。

佐佐木學長聽到這話瞬間停步，肩膀顫了一下，但他沒有回頭，而是繼續前進，消失在橘色新館所在的樹林裡。遠遠地傳來「生命」哇哇大哭的聲音，美智子衝撞自衛隊員，想要突破防線，但她一個小女生，完全是以卵擊石。

「生命」的哭聲不斷傳來，美智子癱軟在地上，哭得不成人形，口中喃喃說著：「對不起，『生命』……」

就在這時，我看見穿白衣的護理師從樹林跑來。橘色新館的炸彈女護理長翔子阿姨一發現我們，立刻衝過來，從後方穿過迷彩服自衛隊員組成的人牆。來自意外方向的一擊，讓自衛隊的銅牆鐵壁瞬間崩塌了。

「美智子，這邊！」翔子阿姨拉起美智子的手，美智子反射性地拉住我的手，我也一起被拉進人牆另一邊了。

「喂，不要擅闖！」迷彩服隊員大聲喝斥，但翔子阿姨丟下一句「是小原室長的指示」，抓著美智子的手跑向橘色新館。我也連帶被美智子拉扯，不斷地往前奔跑，逐漸遠離自衛隊員的魔掌。

「翔子阿姨，『生命』沒事嗎？」我邊跑邊問。

「怎麼可能沒事？突擊部隊突然衝進來，硬要把『生命』抓走，他嚇得哇哇大哭。有些隊員被他的哭聲震破鼓膜，要求長官同意開槍，所以我才衝出來，我們需要美智子的力量。」

橘色新館那邊的停車場停著一輛巨大的拖車，有幾名突擊部隊隊員在那裡。翔子阿姨追上正要上去緊急逃生梯的小原女士：「我是病房負責人如月護理長，讓我過去！」

紅衣女士小原聞聲回頭：「連一個失控的護理長都攔不住，自衛隊的突擊部隊也太沒用了。沒辦法，讓那三個人也一起過來吧。」

我們趕緊追上小原女士一行人。

「佐佐木學長，為什麼？」美智子抓住他問，佐佐木學長卻默默地甩開美智子的手。

三樓傳來號啕大哭聲，美智子聽到那個聲音，立刻推開領頭的小原女士和藤田教授，搶先衝上緊急逃生梯，我也跟在美智子搖擺的馬尾後面。

一推開門，震耳欲聾的哭聲便響徹整片樹林，美智子毫不猶豫地衝進房間。只見柵欄扭曲，水果碎片噴得到處都是，純白的被單斗篷被撕得稀巴爛，上面沾滿了果汁和灰塵。突擊部隊正團團圍住「生命」，持槍瞄準。

「住手！」我大吼，撲過去抓住槍械，馬上被凶狠地甩開，摔在地上。

「居然想跟突擊部隊對槓，你這小毛頭還是一樣亂來。」藤田教授的聲音傳了過來。

「小原室長，請允許發射麻醉槍。」突擊部隊的隊長發話。

「先等等！」小原女士回答。

美智子撲向她：「不要開槍！我會想辦法讓他安靜下來。」

這時，一直沉默的佐佐木學長開口：「進藤同學比任何人更費心照顧『生命』，犧牲很多時間和精神，可以先讓她試試看。」

「好，若能不動用麻醉槍，也可以節省經費、避免無謂的浪費，應該支持。這位進藤同學，妳快想辦法讓『心』冷靜下來，乖乖地別吵。」

小原女士說完，轉向佐佐木學長說：「你剛才的建議，我要訂正一點。在本計畫中，那個巨大新物種已經改名為『心』了，把『生命』這個怪名字從你的大腦額葉刪除。」

「生命」持續揮舞雙手，兩腳踢蹬。近三公尺的龐大身軀做出這些動作，其實非常嚇人，難怪突擊部隊也束手無策。

美智子張開雙手，慢慢地走近「生命」：「『生命』，你一定嚇到了吧？沒事了，媽媽來了。」

「生命」停止哭泣，一雙噙著淚的大眼睛看著美智子。美智子挨近他的腳，開始輕拍他的大腿，「生命」的表情逐漸轉為柔和。

不久後，「生命」一屁股坐倒在地，躺了下來。美智子繞到「生命」背後，繼續輕拍他的背，「生命」開始發出睡著的酣暢呼吸聲。

「不愧是自稱他媽媽的人，真了不起。」小原女士說。

美智子抬頭瞪她，她的眼睛就和「生命」一樣，淚水盈眶。

這時突擊部隊隊長過來，行了個禮：「室長，經過測量，移送對象新物種的體積過大，無法運出，怎麼辦？」

「出口太小的話，也只能破壞了吧？叫爆破小組過來。」

「可以嗎？」

「不用擔心，這可是首相案件，搬運作戰切換成B計畫。」

「是！」隊長敬禮，用對講機傳達命令。

「搬運計畫切換成B計畫，五分鐘後，一五〇〇準時炸開該建築物三樓入口，爆破小組立刻準備。」聽到命令，突擊部隊的人同時消失了。

一襲鮮紅色套裝的小原女士繞到「生命」旁邊蹲下來，從皮包裡取出針筒，以熟練的動作為他注射。

「妳做什麼！」美智子尖聲抗議。

「生命」瞬間抖了一下，但立刻又恢復平順的呼吸。

「幫他打麻醉而已，萬一他又大哭就麻煩了。」

「一分鐘後就要爆破，請戴上耳塞。」

一旁的突擊部隊隊長發下耳塞給眾人，美智子戴上耳塞，用手摀住「生命」的兩耳，輕聲說：「沒事，不怕喔。」

「引爆！」隊長一聲令下，閃光炸裂，震波襲來。一陣轟隆聲響，牆壁嘩啦啦崩塌，橘色新館三樓的牆壁露出藍天。

自衛隊員收拾遭破壞的瓦礫，另外一隊人馬共十人，聯手將「生命」搬到墊子上。然後在墊子四角的洞孔掛上勾子，看起來像是一塊包裹住「生命」的包袱巾。起重機吊臂從天而降。隊員們拖著「生命」，將勾子掛上鋼鐵繩圈。

「OK，吊上去！」號令傳來，隨著嗡嗡機械聲，包著「生命」的包裹慢慢地抬升起來。

美智子撫摸著他，打算跟著移動。「危險！」佐佐木學長出聲制止美智子，她就立刻被人從包裹旁拉開了。

包裹慢慢地旋轉，降至地面。停車場拖車的貨斗左右分開，「生命」被放進裡面。等到突擊部隊隊員解開勾子，貨斗兩邊的牆慢慢地合攏。

「好了，走吧，」小原室長對藤田教授說，接著轉向美智子，「妳也一起來，妳的任務是讓這孩子保持鎮定。」

美智子搖搖晃晃地跟著小原女士走，我也想跟上去，但小原女士冷冷地說「你不行」。於是我只能站在橘色新館三樓的戶外緊急逃生梯平台，看著小原女士一行人乘上拖車的貨櫃。

最後上車的美智子抬頭仰望我，我看出她的嘴唇動作在說：「幫幫我們，薰。」一拖車離開後，我全身虛軟地當場蹲下來。

翔子阿姨在我旁邊雙臂環胸，叉腳站立說：「可惡，居然對我的橘色新館為所欲為。可惡的紅色辣椒女，我絕對不會善罷甘休！」

翔子阿姨持續咒罵著，突擊部隊不理她，安靜地撤退了。

「有美智子跟著，叛徒敦也在那裡，『生命』應該不會有事。先把這裡收拾一下吧，接下來才是反擊。」翔子阿姨說。

這時，田口教授、高階校長、白鳥先生都過來了。

「我嚴正抗議這次的粗暴行徑，記者都還在，我要請他們報導這離譜的狀況，發表抗議聲明。」田口教授說。

白鳥先生聽到後搖搖頭：「田口醫生的提議很合理，我也覺得可以試試，不過八成是白費工夫。」

「難道說這種粗暴的行徑，我們要忍著吞下去？」

「當然不是，但國崎首相一向恣意妄為、不負責任，媒體也都迎合他，現實面不是道理說得通的。不過，這下問題的輪廓很清楚了，這是全面戰爭，今天只是前哨戰，不能因為這點程度的事就嚇得驚慌失措。」

「不管如何，我都要請記者們來看看這副慘狀。」田口教授和高階校長一起走下緊急逃生梯。

我和翔子阿姨開始清理斷垣殘壁，少了「生命」，橘色新館三樓變得一片空蕩蕩。我們花了快一個小時清理完房間，但田口教授一直沒有回來。

隔天早上，我看了《時風新報》的櫻宮版，除了一如往常的當地季節活動報導，沒有任何新奇的消息。我邊吃早餐邊轉台看晨間新聞節目，也沒有任何一台報導昨天的事，總覺得昨天發生的事就像一場夢。

我乘上平常的藍色公車去上學，公車上沒看到美智子的身影，一走進教室，痞子沼和三田村立刻跑了過來。

三田村說：「進藤同學好像要休學，剛才田中老師被叫去校長室了。」

不安像烏雲般擴散開來，這時，我才發現這天早晨和平常不太一樣的地方。我想起來了，今天早上沒有收到爸爸的早餐報告。

我突然有種掉進了平行世界的錯覺。

∴

放學後，我和痞子沼、三田村三個人留在教室，呆呆地看著窗外。

平常的話，這個時間我們都會跑去安置「生命」的橘色新館。

「IMP往後會怎麼樣呢？」三田村低聲問。

「進藤都不在了，會自然消滅吧。」痞子沼有氣無力地回應。

「平沼，難道你一點都不在乎嗎？」三田村氣呼呼地說。

痞子沼有點被他嚇到：「當然在乎啊！可是對方是文部科學省的官員、自衛隊的突擊部隊，還有國崎首相耶！我們根本是一吹就不曉得飛去哪裡的小水蚤。」

呃，水蚤就算吹它也不會飛走喔，痞子沼難得失言，說出不像《厲害達爾文》鐵粉的話。這是吐槽他的絕佳機會，可惜我完全提不起那個勁。

「曾根崎，這樣下去真的好嗎？」三田村說。

咦？他現在是在問我嗎？

「唔，當然不好啊，可是還能怎麼辦呢？」

「我們是夥伴，應該去救進藤同學。」

「救她？去哪裡？怎麼救？」

「據我推測，進藤應該在櫻宮海角的『未來醫學探索中心』。」痞子沼說。那是佐佐木學長住的地方。

我做夢都想不到，佐佐木學長竟會淪為邪惡的爪牙，抓走美智子。

「嗯，如果束手待斃，曾根崎團隊就要名譽掃地了。雖然不曉得美智子是不是在那裡，但『生命』確實是被收容在旁邊的建築物。不管怎麼樣，我們都應該潛入『未來醫學探索中心』一探究竟。三田村，你補習班那邊沒問題嗎？」

「比起補習，這邊的問題當然更應該優先處理。」三田村正氣凜然地說，我崇拜地看著他的側臉。

要前往「未來醫學探索中心」，必須搭乘「往櫻宮海角」路線的公車。以前這班車似乎是叫「往碧翠院」，那是很久以前的一座寺院。「未來醫學探索中心站」，是終點站「櫻宮海角」的前一站。

印象中，小學遠足時，我來過海邊。當時只忙著在水邊追逐螃蟹，不記得那裡有什麼建築物。

下了公車，道路盡頭可以看到銀光閃閃的玻璃塔。在近處仰望，塔相當高，旁邊有座巨大的組合屋，兩輛自衛隊的卡車並排停放在那裡。

「『生命』一定被關在那裡，進藤八成也在那裡。」痞子沼小聲說。

明明四下無人，我也不自覺地跟著小聲回答：「感覺防守森嚴，要現在立刻把美智子救出來，似乎很難。」

出發前，才說出要勇往直前的三田村，這時也沒有提出反駁意見。

「我們等太陽下山後，潛入『未來醫學探索中心』吧！」我說完後，痞子沼和三田村點點頭。

五月中旬的日落時間，是下午六點四十分左右。天色暗下來後，躲在草叢的我們半蹲著朝塔前進。

入口的門是金屬的，門上沒有把手，不曉得要怎麼開。我們正在入口束手無策時，門突然打開了。原來是自動門？怎麼有種一拳揮空的感覺，我們躡手躡腳地進入裡面。

陰暗的入口大廳，正中央有座螺旋梯，延伸到樓上和地下室。我們走近螺旋梯，提心吊膽地探頭看向地下室。

燈突然亮起，整個房間變得十分明亮。我們驚訝地看向地下室，和枕著手躺在樓層中央沙發上的人對上了眼。

佐佐木學長撐起上半身：「我正在想你們差不多該來了，別鬼鬼祟祟的，下來吧。」

這時，我們突然驚覺現在的情況，是不是犯了非法入侵罪？

在底層挑高的地下室，第一眼看到的就是擺在房間正中央的黑色平台鋼琴，我都不知道原來佐佐木學長會彈鋼琴。

牆上嵌著全身鏡，最深處高上一階的角落擺了一個魚缸，我納悶是飼養熱帶魚嗎？但看不到魚缸裡面。那座魚缸看起來就像祭壇。這裡或許是神殿，我忽然萌生了這樣的想法。

我們三人在佐佐木學長坐的沙發對面坐下來。

「你們來這裡，是有問題想問吧？快點問吧。」

「美智子在哪裡？」我問。

「隔壁的屋子，進藤同學要暫時休學。晚上她會過來這裡，和大家一起吃飯，然後有人開車送她回家。我在這裡工作，除了用餐時間，不會見到她。昨晚她過來這裡，是九點以後的事。」

我鬆了一口氣，這應該也是美智子自己想要的安排吧。

「佐佐木學長為什麼會變成藤田教授的部下？你忘記了跟桃倉醫生的約定了嗎？」

佐佐木學長的臉一瞬間痛苦地扭曲，但立刻恢復成面無表情，說：「形式上我是藤田教授的部下，但實際上直屬於小原女士。我開始在這座中心上班時，這裡的主管機關從厚勞省變成了文科省，所以我一直在文科省工作。因此，這是理所當然的人事安排。」

「工作？可是直到三月，佐佐木學長還只是高中生，不是嗎？」

「我之前是高中醫學生，有櫻宮學園高中部和東城大學醫學院的雙重學籍，但本職是中心的專任管理員，我靠著這裡的工作領薪水。」

我感到一陣暈眩，櫻宮學園灰色的西裝制服，還有胸口上的金色校徽，是櫻宮每一個小孩的嚮往。光是要考進櫻宮學園就是件困難的事，然而佐佐木學長還成了東城大學醫學院的醫學生，甚至身兼文部科學省的職員，這個人到底是何方神聖？

「小原女士是你的直屬上司，所以你無法違背她的命令嗎？」

「可以說是，也可以說不是。即使是上司，如果命令不合理，我也能說不。可是……」

「可是什麼？」

「沒事，不能說卻要提，這樣太沒有男子氣概了。」

我理解就算繼續追問，佐佐木學長也不會再多說這件事。

「『生命』會怎麼樣？」三田村提問。

「不知道，不過關於『生命』，赤木醫生的『心計畫』已經啟動了。昨天有VIP來了。那個人現在待在二樓的房間冥想。」

「那個VIP是誰？」

「不知道，在某個圈子似乎很有名。」

這個話題似乎撞到了保密義務的高牆，得不到進一步的回答。

「我一直在這裡照顧對我來說很重要的人，這也是我的願望。但現在我要在這裡照顧別的VIP，對於這樣的變化，我的心情還沒有完全調適好。」

「佐佐木學長和我爸爸有熱線對吧？對於這件事，我爸爸有說什麼嗎？」

「既然你會問我這個問題，你應該也猜到現在陷入什麼樣的狀況了吧？」

我驀地驚覺，這麼說來，今天早上也沒有收到爸爸的信。寒意爬上背脊，難道我跟爸爸的連絡被阻隔了……我感到腳底一陣搖晃。

「佐佐木學長，你背叛我們了嗎？」痞子沼單刀直入地問。

他的直白讓佐佐木學長苦笑：「已經變成這種狀況了，我也不能說不是吧。我不會找藉口。」

「為了『生命』，你和我們一起拚命努力了那麼久……」三田村說。

「人生在世，是有各種束縛的。我一直以為我活在這些束縛之外，但這次的事，讓我醒悟到自己才是被束縛最深的。」

佐佐木學長說完，站了起來：「好了，你們快回去吧，往櫻宮車站的最後一班車就要開了。」

「我們不能一無所獲地回去。」我不想就這樣放棄。

佐佐木學長仰望正上方挑高的天花板說：「別說那種幼稚的話了，要是你們繼續待在這裡，往後就別想繼續行動了。『心計畫』周圍布滿了監視器和竊聽器，我把這邊的監視器換成了假的影像，所以很安全，但玄關和公車站周圍都受到監視，你們跑來這裡的事，早被看得一清二楚。接下來應該會演變成全面戰爭，你們必須集合手中的武器、共同戰鬥的夥伴力量，否則不可能有勝算。」

「佐佐木學長說得好像要跟誰開戰一樣，可是敵人是誰？」

「你還是老樣子，小毛頭一個，卻有著過人的直覺。沒錯，這是戰爭，敵人是『組織』。」

「組織是CIA（美國中央情報局）還是FBI（美國聯邦調查局）嗎？」偵探劇看太多的痞子沼說。

「『組織』就只是單純的『組織』，『組織』最重視的一群人，就是『組織』的實體。你們真的要趕不上最後一班車了，快離開吧。」

我覺得自己好像被他唬弄說服了，但還是不死心地追問：「最後再回答我一個問題，佐佐木學長，你現在還是站在我們這邊的嗎？」

佐佐木學長以散發冷光的右眼注視著我：「我沒有一次是站在你那邊的，往後也一樣。」冰冷無情的話，就像寒風在我的心中呼嘯而過。

我們跳上最後一班公車，在黑暗的路上搖晃著，一句話也沒說。

在海岸線上行駛的公車左邊，是一片漆黑的大海，後方反射著銀光的玻璃塔，就像插在地面的勇者寶劍般閃閃發亮。拔出那把劍，打倒壞蛋，或許就是我的任務。

公車在櫻宮車站前的圓環停下，我們下了車。櫻宮車站那裡，最後一班新幹線正要出發。不過才一個月前，我們搭乘這班新幹線去東京畢業旅行，想不到這麼短的時間裡，居然發生了這麼多事。

我們在車站轉乘「往櫻宮水族館」的公車，三田村在「三田村醫院站」下車。接著經過第二站，美智子總是在這裡上車的「喬納斯站」，下一站就是我住的地方「瑪丹娜公寓站」。

我正要下車，痞子沼叫住我，我回頭看他。

「小薰薰，我們一定要把『生命』搶回來。」

我應了聲「嗯」，痞子沼朝我伸出手肘，我也伸出手肘對碰，接著我們互擊拳頭。我下車後，藍色公車載著痞子沼，消失在黑夜之中。

回到家，餐桌上擺著晚餐，留下一張字條：「我先去睡了，吃過晚飯，餐具放在水槽裡就好。」

我吃了鰺魚乾和白飯，味噌湯裡的料是滑菇。自從理惠醫生和忍來過家裡後，感覺日式菜色增加了。

我收拾餐具並洗乾淨，這是我生平第一次洗碗。我覺得為了面對接下來的戰鬥，能做的事都必須自己動手來。

回到房間，我打開電腦檢查電郵，沒有爸爸的來信。自從我懂事以來，這是第一次一整天沒有爸爸的來信，可怕的預感讓我全身顫抖。

接下來會發生什麼事？我會往哪裡去？

或許我將在這個遼闊的世界，且沒有爸爸協助的情況下，一個人面對敵人。

一想到這裡，身體便微微哆嗦起來。

身邊的黑暗越來越深。精疲力竭的我，很快就睡得不省人事。

事後回想，這天晚上就是我的「深淵」。

「生命」被搶走，美智子被帶走，遭到佐佐木學長背叛，也沒有收到爸爸的來信，我站在前方無路的死胡同裡一個人掙扎著。

黎明前最為黑暗，但黑夜終會過去。

醒來的時候，晨曦正照亮我的床鋪。被這道光照耀著，我忽然立下了決心。

人在做出重大決定時，或許就像這樣，其實出乎意料地沒什麼。

∴

這個故事在這裡唐突地結束。

「生命」的命運到底怎麼了？讀者或許會有這樣的疑問，但這世上絕大多數的事，都是像這樣無疾而終的。

不過一個故事的結束，也是新故事的開始。因此，這個故事在這裡明確地告終，或許才是正確的。可以天馬行空地想像接下來的故事，也可以耐性十足地等待我述說後續。

沒錯，世事是沒有正確答案的。

黎明前最為黑暗，但黑夜終會過去。最後，我們將在黑暗的深淵裡找到一絲光明吧。

不過這也是因為墜落至深淵，才能夠看到的景象。我想著這些，忽然想起爸爸以前在信裡告訴過我的一句話。

「C'est la vie」，意思是「這就是人生」。

這是我最喜歡的一句話，我一直以為我遇到了天大的事。但我有預感，以後我將會認清，這只不過是一場軒然大波的序曲而已。

然而，我立下決心要往前跨出一步。為何事到如今，我會想要這麼做？

答案很清楚，是為了拯救「生命」。

所以我一再告訴自己：「最後能夠依靠的只有自己，無力的人，自有無力的戰法。」

醒悟到這件事，我和過去的自己訣別，推開了眼前新的一道門。門內出現的是更強大的「敵人」，是必須傾盡全力與其對決的、真正的「敵人」。

參考文獻

《大腦的意識・機器的意識》（脳の意識 機械の意識）
渡邊正峰，二〇一七年，中公新書

故事館046
醫學推理系列2：醫學之雛
破蛋而出的世紀大謎團
醫学のひよこ

作　　者　海堂尊
繪　　者　吉竹伸介
譯　　者　王華懋
審　　定　張銀盛・陳資翰
封面設計　張天薪
內頁設計　連紫吟・曹任華
主　　編　陳如翎
行銷企劃　林思廷
出版二部總編輯　林俊安

出 版 者　采實文化事業股份有限公司
業務發行　張世明・林踏欣・林坤蓉・王貞玉
國際版權　劉靜茹
印務採購　曾玉霞・莊玉鳳
會計行政　許俽瑀・李韶婉・張婕莛
法律顧問　第一國際法律事務所　余淑杏律師
電子信箱　acme@acmebook.com.tw
采實官網　www.acmebook.com.tw
采實臉書　www.facebook.com/acmebook01

ISBN　978-626-349-684-2
定　　價　380元
初版一刷　2024年6月
劃撥帳號　50148859
劃撥戶名　采實文化事業股份有限公司
104台北市中山區南京東路二段95號9樓
電話：(02)2511-9798　傳真：(02)2571-3298

國家圖書館出版品預行編目資料

醫學之雛：破蛋而出的世紀大謎團 / 海堂尊著；王華懋譯.
-- 初版. -- 台北市：采實文化事業股份有限公司，2024.06
304面；14.8×21公分. -- (醫學推理系列；2)(故事館；46)
譯自：医学のひよこ
ISBN 978-626-349-684-2(平裝)

861.59　　113006083

IGAKU NO HIYOKO

采實出版集團
ACME PUBLISHING GROUP